사랑스러운 가족 동화집

피터 래빗의 친구들

사랑스러운 가족 동화집

피터 래빗의 친구들

1판 1쇄 | 2018년 3월 30일

지은이 | 베아트릭스 포터
옮긴이 | 김나현
펴낸이 | 장재열
펴낸곳 | 단한권의책
출판등록 | 제25100-2017-000072호(2012년 9월 14일)
주소 | 서울, 은평구 갈현로37길 1-5, 202호(갈현동, 천지골드클래스)
전화 | 010-2543-5342
팩스 | 070-4850-8021
이메일 | jjy5342@naver.com
블로그 | http://blog.naver.com/only1book

ISBN 978-89-98697-41-9 04840
978-89-98697-43-3 (세트)
값 | 6,000원

번역 과정에서 이 책의 일부 내용을 국내 사정에 맞게 수정했습니다.
그러나 원본이 지닌 맛을 최대한 살리려 노력했고, 비교해서 보실 수 있도록 원문을 뒤에 실었습니다.

사랑스러운 가족 동화집

The Friends of Peter Rabbit

미니 피터 래빗의 친구들

베아트릭스 포터 지음 | 김나현 옮김

단한권의책

contents

숲속 호숫가에 사는 다람쥐 넛킨과 그의 가족, 그리고 친척들. 나뭇가지로 조그만 뗏목을 만들고 노를 저어 호수 한가운데에 있는 떡갈나무의 도토리를 주우러 갑니다. 그 나무들 중 한 그루에 부엉이 브라운 할아버지가 살고 있는데요. 다람쥐들은 살찐 두더쥐, 피라미, 딱정벌레 등을 선물하며 브라운 할아버지의 환심을 산 뒤 도토리를 주워 옵니다. 한데, 넛킨만은 매번 방문할 때마다 브라운 할아버지에게 무척 버릇없게 굴고 심기를 건드립니다. 여섯 째날 방문에서 넛킨은 여전히 버릇없게 굴다가 브라이언 할아버지에게 붙잡혀 위기에 처하게 됩니다. 넛킨의 운명은 과연 어떻게 될까요?

다람쥐 넛킨 이야기

The Tale of Squirrel Nutkin

이 이야기는 '꼬리'에 대한 이야기입니다. 넛킨이라는 꼬마 붉은 날다람쥐의 꼬리에 대한 이야기예요.

넛킨에게는 트윙클베리라는 남동생과 여러 사촌이 있는데, 모두들 숲속 호숫가에 살고 있었어요.

호수 한가운데에 나무들이 자라고 도토리 열매가 열리는 덤불로 뒤덮인 섬이 있었어요. 그 나무들 중 속이 빈 떡갈나무가 한 그루 있는데, 그곳에는 브라운이라는 할아버지 부엉이가 살고 있었지요.

도토리가 익어 가고 헤이즐 덤불의 잎사귀가 황금색과 녹색으로 변해 가는 어느 가을날, 넛킨과 트윙클베리와 모든 꼬마 다람쥐들이 숲에서 나와 호숫가로 향했어요.

다람쥐들은 나뭇가지로 조그만 뗏목을 만들고 노를 저어 부엉이가 사는 섬으로 도토리를 주우러 갔지요.

다람쥐들은 각각 자루를 하나씩 메고 노를 하나씩 들고 꼬리를 활짝 펼쳐 뗏목의 돛으로 사용했어요.

다람쥐들은 감사의 표시로 브라운 할아버지께 선물할 통통한 생쥐 세 마리를 챙겨 가서는 문 앞에 가져다 놓았어요.

그러고는 트윙클베리와 다른 다람쥐들 모두 머리를 깊이 숙여 깍듯이 인사했지요.

"브라운 할아버지, 이 섬에서 도토리를 가져갈 수 있도록 허락해 주시겠어요?"

그러나 넛킨은 너무 버릇이 없었어요. 녀석은 빨간 체리처럼 아래위로 고개를 까딱거리면서 노래를 불렀지요.

"맞혀 봐, 수수께끼를 맞혀 봐, 로또또!

빨갛고 빨간 코트를 입은 작고 작은 남자가 있어!

손에는 나뭇가지, 목구멍에는 돌멩이가 있지.

이 문제를 맞히면 내가 은화를 줄게."

이 문제는 저 산만큼이나 오래된 것이었어요. 브라운 할아버지는 넛킨이 하는 말에 전혀 신경 쓰지 않았지요. 그는 눈을 감고 그대로 잠들어 버렸어요.

다람쥐들은 자루마다 도토리를 가득 채우고 저녁에 뗏목을 타고 집으로 돌아갔어요.

다음 날 아침 다람쥐들은 다시 부엉이 섬에 왔고, 트윙클베리와 다람쥐들은 통통하게 살찐 두더지를 한 마리 가져와 브라운 할아버지의 집 앞 돌 위에 올려놓았어요.

"자애로운 브라운 할아버지, 도토리를 좀 더 가져갈 수 있도록 허락해 주시겠어요?"

하지만 버르장머리 없는 넛킨은 여전히 까불거리며 춤을 추고 쐐기풀로 브라운 할아버지를 간질이며 노래를 부르기 시작했어요.

"브라운 영감, 수수께끼를 맞혀 봐.

벽 속에 있는 히티피티.

벽이 없는 히티피티.

히티피티를 만지는

히티피티가 너를 물 거야!"

브라운 할아버지는 갑자기 일어나 두더지를 가지고 집 안으로 들어가 버렸어요.

할아버지는 넛킨의 얼굴 바로 앞에서 문을 쾅 닫았어요. 얼마 지나지 않아 장작불에서 피어오른 푸른색 연기가 나무 꼭대기를 향해 올라갔지요. 넛킨은 열쇠구멍으로 안을 들여다보며 노래를 불렀답니다.

"연기가 집 안에 가득 찼어!
연기가 구멍에 가득 찼어!
하지만 그릇은 가득 채우지 못하지!"

다람쥐들은 섬 전체를 돌아다니며 도토리를 주워 가져온 자루에 담았어요.

하지만 넛킨은 노랗고 빨간 참나무 옹이를 모아 너도밤나무 그루터기에 앉아 구슬치기를 하며 브라운 할아버지네 문을 쳐다보고 있었지요.

셋째 날, 다람쥐들은 아침 일찍 일어나 낚시를 하러 가서 브라운 할아버지께 선물로 드릴 통통하게 살이 오른 피라미 일곱 마리를 잡았지요.

다람쥐들은 노를 저어 호수를 건너가 부엉이 섬 구부러진 밤나무 아래에 뗏목을 댔어요.

트윙클베리와 다람쥐 여섯 마리는 살이 오른 피라미를 한 마리씩 옮겼어요. 하지만 버르장머리 없는 넛킨은 할아버지께 드릴 선물을 아무것도 가져오지 않았지요. 그러고는 앞으로 달려 나가 노래를 불렀답니다.

"황야에 있는 남자가 내게 말했네.

'바다에는 얼마나 많은 딸기가 자랄까?'

내가 재치 있게 답했지.

'숲에서 자라는 붉은 청어만큼이나 많겠지.'"

하지만 브라운 할아버지는 수수께끼에 전혀 관심이 없었어요. 답을 알려줘도 관심이 없기는 마찬가지였지요.

넷째 날, 다람쥐들은 통통한 딱정벌레 여섯 마리를 가져갔어요. 딱정벌레는 자두 푸딩 속 자두만큼이나 브라운 할아버지가 좋아하는 음식이지요. 다람쥐들은 한 마리씩 나뭇잎으로 조심스럽게 싼 다음 솔잎으로 묶었어요.

하지만 넛킨은 이번에도 변함없이 무례하게 노래를 불렀어요.

"브라운 영감, 수수께끼를 맞혀 봐.

영국의 밀가루와 스페인의 과일이 빗속에서 만났지.

가방에 넣고 끈으로 묶었지.

이걸 맞추면 내가 반지를 줄게!"

넛킨은 반지도 없으면서 반지를 주겠다고 했어요. 참 어처구니없는 일이었지요.

다른 다람쥐들은 상수리나무 주변 여기저기에서 도토리를 주웠어요. 하지만 넛킨은 찔레꽃 덤불에서 울새의 바늘꽃이를 모아 솔잎을 꽂으며 놀았지요.

다섯 째날, 다람쥐들은 브라운 할아버지의 선물로 야생 꿀을 준비했어요. 꿀은 아주 달콤하고 끈적거려서 할아버지 집 앞 계단 위에 올려놓고 손가락을 핥았지요.

다람쥐들은 산꼭대기 호박벌 벌집에서 꿀을 훔쳐왔어요.

하지만 넛킨은 폴짝폴짝 뛰면서 노래를 불렀지요.

"홍얼홍얼 붕붕! 홍얼홍얼 붕붕!

티플틴을 지날 때 어여쁜 돼지 떼를 만났네.

목이 노란 돼지들도 있었고 등이 노란 돼지들도 있었지.

정말 예쁜 돼지들이었다네.

티플틴을 지나간 돼지들 중에서 말이야."

브라운 할아버지는 넛킨의 무례함을 더 이상 참지 못하고 넌더리를 내며 눈을 떴고 꿀을 전부 먹어 버렸어요.

다람쥐들은 각자의 작은 주머니에 도토리를 가득 채웠어요.

하지만 넛킨은 크고 평평한 돌 위에 앉아서 초록 전나무 방울을 세워 놓고 사과를 굴려 볼링을 했어요.

여섯째 날인 토요일, 다람쥐들은 마지막으로 부엉이 섬에 다시 갔어요. 브라운 할아버지께 드릴 이별 선물로 골풀로 짠 작은 바구니에 방금 낳은 달걀을 넣어 준비했지요.

하지만 넛킨은 앞으로 달려나가 웃으며 소리쳤어요.

"험프티 덤프티가 시냇물에 누워 있네.

목에는 하얀 덮개를 두르고 있다네.

40명의 의사들과 40명의 목수도 있었지만

아무도 험프티 덤프티를 고칠 수는 없다네!"

브라운 할아버지는 달걀에 관심을 보였어요. 한쪽 눈을 떴다가 다시 감았지만 여전히 아무런 말도 하지 않았지요.

넛킨은 점점 더 버릇없게 굴었어요.

"브라운 영감탱이! 브라운 영감탱이!

왕의 부엌문에 고삐가 걸려 있네.

왕의 모든 말과 신하들도

고삐를 다룰 수 없다네."

넛킨은 마치 햇살이 비추듯 춤을 췄지만 할아버지는 아무 말도 하지 않았어요.

넛킨은 다시 노래를 부르기 시작했지요.

"보워의 아더가 나왔네.

땅을 뒤흔들며 그가 오네.

스코틀랜드의 왕이 온 힘으로 그를 막아도

보워의 아더를 막을 수는 없다네."

넛킨은 바람같이 윙윙거리는 소리를 내며 브라운 할아버지 머리 위로 뛰어 올라갔어요.

그러더니 갑자기 날개를 퍼덕거리는 소리와 옥신각신하며 실랑이를 벌이는 소리가 나더니 "꽥!" 하는 소리가 들렸어요.

다른 다람쥐들은 모두 허둥지둥 덤불 속으로 숨었어요.

다람쥐들이 브라운 할아버지 집이 있는 나무 주변을 살피며 조심스럽게 다시 나왔어요. 브라운 할아버지는 문간 계단 위에서 눈을 감고 가만히 앉아 있었지요. 마치 아무 일도 없었다는 듯이 말이죠.

그런데 넛킨이 할아버지 조끼 주머니 속에 있는 게 아니겠어요!

이렇게 이야기가 끝난 것 같지만 그렇지 않아요.

브라운 할아버지는 넛킨을 집 안으로 데리고 들어가 꼬리로 넛킨을 꼼짝 못하게 붙잡고 껍질을 벗기려고 했어요. 넛킨이 너무 세게 힘을 주며 빠져나가려 하다가 그만 꼬리가 두 동강이 나고 말았어요. 녀석은 간신히 빠져나와 계단으로 허겁지겁 올라가 다락 창문으로 탈출했지요.

지금까지도 넛킨을 만나 수수께끼에 대해 물어보면 나뭇가지를 집어 던지고 발을 동동 구르며 소리치지요.

"쿡쿡쿡 쿠르쿡크크!!"

통통한 회색다람쥐 티미 팁토스와 그의 부인 구디 팁토스. 두 다람쥐는 겨울을 나는 데 필요한 도토리를 주워 모은 다음 보금자리 근처의 구덩이에 묻고, 높은 나무의 딱따구리가 파 놓은 구멍에도 넣어 놓습니다. 이 숲에는 건망증 심한 실버테일이라는 다람쥐가 있는데, 자기가 도토리를 묻어 둔 곳을 기억하지 못해 다른 다람쥐의 구덩이를 파헤치다 툭하면 싸움이 벌어지곤 합니다. 그러던 어느 날, 다른 날과 마찬가지로 열심히 일하던 티미는 억울하게 도토리 도둑으로 몰려 다른 다람쥐들에게 몰매를 맞고, 딱따구리 구멍 속으로 강제로 던져집니다. 티미 팁토스는 이제 어떻게 될까요?

티미 팁토스 이야기

The Tale of Timmy Tiptoes

옛날에 티미 팁토스라는 소박하고 통통한 회색 다람쥐가 살았어요. 티미 팁토스는 나무 꼭대기에 나뭇잎으로 초가지붕을 지은 보금자리에서 구디라는 부인과 함께 살았지요.

티미 팁토스는 산들바람을 즐기며 앉아 있었어요. 그는 꼬리를 살랑살랑 휘저으며 미소를 지었지요.

"여보, 도토리가 다 익었구먼. 겨울과 봄을 잘 보내려면 도토리들을 창고에 저장해야겠어."

부인 구디 팁토스는 초가 지붕 아래로 이끼를 밀어 넣느라 바빴지요.

"집이 아늑해서 겨울 내내 깊이 잠들 수 있겠어요."

"그러고는 양식이 다 떨어지는 봄이 오면 홀쭉해져서 깨어날 거야."

신중한 티모시가 대답했어요.

티미와 구디 부부가 도토리를 주우러 풀숲에 갔더니 이미 다른 다람쥐들이 몽땅 가져간 뒤였어요.

티미는 재킷을 벗어 나뭇가지에 걸어 두었지요. 둘은 말없이 계속 일을 했어요.

부부는 매일 이곳저곳을 돌아다니며 많은 양의 도토리를 주웠어요. 주운 도토리를 주머니에 넣어 둘의 보금자리가 있는 나무 근처에 있는 구덩이 두세 곳에 묻어 두었지요.

구덩이들이 가득 차자 둘은 주머니에 있는 도토리를 나무 높은 곳에 있는 딱따구리가 파 놓은 구멍에 넣기 시작했어요. 도토리는 데굴데굴 굴러 안으로 떨어졌지요.

"어떻게 다시 꺼내려고 그래요? 저금통이나 마찬가지잖아요!"

구디가 말했어요.

"봄이 오기 전에 나는 홀쭉해질 거야, 여보!"

티미가 구멍을 들여다보며 말했어요.

부부는 상당히 많은 양의 도토리를 모았어요. 하나도 잃어버리지 않았기 때문이지요. 땅 속에 도토리를 묻은 다람쥐들은 어디에 묻었는지 기억하지 못해 절반 이상을 잃어버리는 게 다반사거든요.

이 숲에서 건망증이 가장 심한 다람쥐는 실버테일이었어요. 실버테일은 땅을 파서 도토리를 묻기 시작하지만 어디에 묻었는지 도통 기억하질 못해요. 그러고는 아무 데나 땅을 파서 다른 다람쥐가 묻어 놓은 도토리들을 찾아내는 바람에 싸움이 벌어지곤 하지요. 그러면 또 다른 다람쥐가 땅을 파기 시작하고 숲 전체에서 소동이 일어난답니다.

안타깝게도 그때쯤 한 무리의 새 떼가 날아와 덤불숲을 파헤치며 초록색 애벌레와 거미들을 찾고 있었어요. 새 무리에는 여러 종류의 새들이 각기 다른 노래를 부르고 있었지요.

첫 번째 새는 "누가 내 도토리를 파고 있나요? 누가 내 도토리를 파헤치고 있나요?"라는 노래를 불렀어요.

또 다른 새는 "조그만 빵 조각, 그리고 치즈는 없네! 조그만 빵 조각, 그리고 치즈는 없어!"라고 노래를 불렀지요.

다람쥐들은 따라가서 노래를 들었어요. 첫 번째 새는 티미와 구디가 조용히 도토리 주머니를 묶고 있는 덤불 속으로 날아 들어와 노래를 불렀어요.

"누가 내 도토리를 파내나요? 누가 내 도토리를 파헤치나요?" 티미와 구디는 대답 없이 계속 자신들이 할 일을 했어요. 실제로 새들도 다람쥐들의 대답을 기대하지는 않았지요. 아무 의미 없이 중얼거리며 부르는 노래였으니까요.

하지만 다른 다람쥐들은 노래를 듣거나 티미 팁토스에게 달려가 때리고 할퀸 다음 도토리 주머니를 뒤집어엎었어요. 악의는 없었지만 이 모든 장난의 발단이 된 꼬마 새는 깜짝 놀라 날아가버렸지요.

티미는 데굴데굴 굴러서 달아나 자신의 집으로 도망쳤어요. 다람쥐들은 티미를 쫓아가며 소리쳤지요.

"누가 내 도토리를 파냈지?"

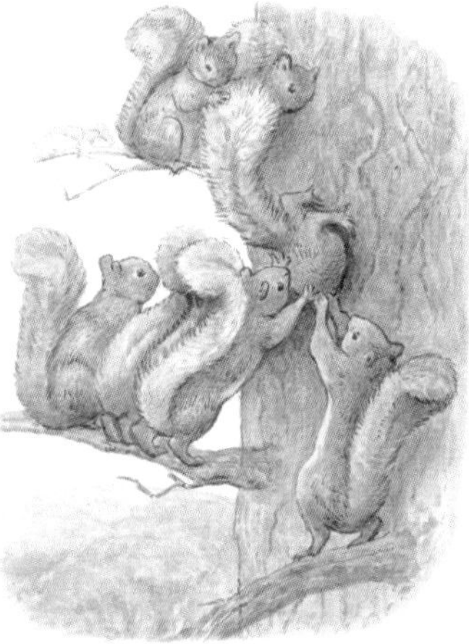

다람쥐들은 티미를 붙잡아 그 나무에 작은 구멍이 있는 곳까지 끌어 올린 다음 구멍 안으로 밀어 넣었지요. 하지만 그 구멍은 티미 팁토스의 몸집에 비해 너무 작았어요. 다람쥐들은 티미를 무지막지하게 구멍 안으로 쑤셔 넣었지요. 티미의 갈비뼈가 부러지지 않은 게 신기할 정도였어요.

"이 녀석이 자백할 때까지 여기에 놔두자."

실버테일이 말하며 구멍에 대고 소리쳤어요.

"누가 내 도토리를 파냈지?"

티미 팁토스는 아무런 대답도 하지 않았어요. 그는 나무 안으로 굴러 그동안 자신이 모아 놓은 도토리 위로 떨어졌어요. 그러고는 아무 말 없이 멍하니 누워 있었지요.

구디 팁토스는 도토리 주머니를 들고 집으로 왔어요. 티미에게 줄 차를 만들었지만 남편은 그때까지도 돌아오지 않았지요.

구디 팁토스는 외롭고 불행한 밤을 보냈어요. 다음 날 아침이 되자 구디는 도토리를 줍던 수풀로 돌아가 남편을 찾았지만 못된 다람쥐들이 그녀를 내쫓아 버렸어요.

구디는 남편을 부르며 온 숲을 돌아다녔어요.

"티미 팁토스! 티미 팁토스! 어디 있어요, 티미 팁토스?"

그 사이 티미 팁토스는 정신을 차렸어요. 깨어 보니 자신은 이끼 침대 속에 들어가 있고, 주변은 매우 어두웠는데, 온몸이 쑤시는 느낌이었어요. 마치 땅 속에 있는 것 같았지요. 티미는 갈비뼈가 아파서 기침을 하고 끙끙거렸어요. 찍찍거리는 소리가 들리더니 등불을 들고 있는 얼룩 다람쥐가 눈에 들어왔어요. 티미를 걱정하는 듯한 표정이었지요.

티미 팁토스가 이렇게 극진한 대접을 받기는 처음이었어요. 얼룩 다람쥐는 티미에게 취침용 모자도 빌려주었는데, 집에는 없는 게 없었어요.

줄무늬 다람쥐는 나무 꼭대기에서 도토리가 비 오듯이 쏟아졌다고 말했어요.

"게다가 땅에 묻어 있는 것도 몇 개 찾았어요!"

티미의 이야기를 듣자 줄무늬 다람쥐는 크게 웃었어요. 티미가 침대에만 누워 있는 동안 많은 양의 도토리를 먹었지요.

"그런데 저 구멍을 통해 나가려면 홀쭉해져야 하는데, 어쩌지? 아내가 걱정할 텐데!"

"내가 까 줄게요. 한두 개만 더 먹어요."

줄무늬 다람쥐가 말했어요.

티미 팁토스는 점점 더 뚱뚱해졌어요.

이제 구디는 혼자서 다시 일하기 시작했어요. 구디는 더 이상 딱따구리 구멍에 도토리를 넣지 않았지요. 그녀는 항상 어떻게 꺼낼지 걱정스러웠기 때문이에요. 구디는 나무뿌리 아래에 도토리를 숨겼어요. 도토리는 데굴데굴 굴러 떨어졌지요. 한번은 구디가 큰 도토리 주머니를 비우자 '찍' 하는 소리가 크게 들렸고, 또 다른 주머니를 가져오자 조그만 줄무늬 다람쥐가 허겁지겁 기어 나왔어요.

"아래층이 완전히 다 찼어요. 거실도 차서 도토리가 복도로 굴러떨어져요. 남편 치피 하키는 날 버려두고 도망갔어요. 하늘에서 쏟아지는 도토리들은 다 뭐죠?"

"죄송해요! 누가 살고 있는 줄 몰랐어요. 그런데 치피 하키 씨는 어디에 있죠? 제 남편 티미 팁토스도 도망갔어요."

구디 팁토스가 말했어요.

"전 치피가 어디 있는지 알아요. 꼬마 새들이 말해 줬어요."

치피 하키 부인이 말했어요.

치피 하키 부인은 딱따구리가 사는 나무로 안내했어요. 둘은 구멍에서 나는 소리에 귀를 기울였지요.

저 아래서 도토리를 까는 소리도 들리고, 뚱뚱한 다람쥐와 홀쭉한 다람쥐가 함께 노래 부르는 소리도 들렸어요.

"아버지와 저는 떨어졌어요.

이 문제를 어떻게 헤쳐 나가야 할까요?

할 수 있는 한 열심히 노력해 보자."

"저 작은 구멍으로 들어갈 수 있죠?"

구디가 물었어요.

"네, 얼마든지 들어갈 수는 있지만 만일 들어가면 남편이 절 물어 버릴 거예요!"

줄무늬 다람쥐가 대답했어요.

저 아래서 도토리를 까는 소리와 갉아먹는 소리도 들리고 뚱뚱한 다람쥐와 홀쭉한 다람쥐가 함께 노래 부르는 소리도 들렸어요.

"룰루랄라 좋은 날!

신나고 즐거운 날!

룰루랄라 신나고 즐거운 날!"

구디가 구멍 안을 들여다보며 불렀어요.

"티미 팁토스! 오, 저런, 티미 팁토스!"

그러자 티미 팁토스가 대답했지요.

"당신이오, 구디 팁토스? 이런, 맞구먼!"

티미는 나무를 타고 올라가 구멍으로 구디에게 키스했어요. 하지만 너무 살이 쪄서 밖으로 나갈 수가 없었어요.

치피 하키는 뚱뚱하지 않았지만 밖으로 나가고 싶지 않았어요. 그는 저 아래에 머물면서 싱긋 웃었지요.

2주 동안 아무런 상황 변화가 없었어요. 거센 바람이 불어 나무 윗부분이 날아가 버리는 바람에 구멍이 뚫리고 비가 들어올 때까지 말이지요.

그러자 티미 팁토스는 밖으로 나와 우산을 쓰고 집으로 돌아갔어요.

하지만 치피 하키는 불편한 것도 아랑곳하지 않고 일주일을 그곳에서 더 지냈어요.

결국 커다란 곰이 숲을 걸어 다니며 도토리를 찾았지요. 곰은 주변 냄새를 맡는 것 같았어요.

치피 하키는 서둘러 집으로 갔어요.

치피 하키가 집으로 돌아왔을 때 자신이 감기에 걸렸다는 것을 알았어요.

집에 돌아왔지만 여전히 더 힘들었지요.

그리고 티미와 구디는 이제 조그만 자물쇠로 도토리 창고를 단속하지요.

그리고 꼬마 새가 줄무늬 다람쥐를 볼 때마다 노래를 불러요.

"내 도토리는 누가 파헤쳤지? 내 도토리는 누가 파냈지?"

하지만 아무도 대꾸를 하지 않아요.

산울타리 아래 언덕에 사는 티틀마우스 부인은 지독히도 깔끔을 떠는 특이한 숲쥐입니다. 어쩌다 딱정벌레나 무당벌레, 거미 같은 조그만 벌레 한 마리라도 만나면 그녀는 소란을 떨며 밖으로 쫓아내곤 합니다. 그러던 어느 날, 자기 창고에 벌 몇 마리가 들어와 있는 걸 발견하고는 어떻게 하면 쫓아낼 수 있을지 궁리합니다. 그때 꿀 냄새를 맡고 온몸이 지저분한 두꺼비 잭슨 아저씨가 티틀마우스 부인 집에 찾아와 꿀을 달라고 떼를 쓰는데요. 엎친 데 덮친 격인 이 난국을 그녀는 어떻게 헤쳐 나갈까요?

티틀마우스 부인 이야기

The Tale of Mrs. Tittlemouse

옛날에 티틀마우스 부인이라는 숲쥐가 산울타리 아래 언덕에 살았어요.

모래로 뒤덮인 긴 복도 끝에 창고와 도토리 저장고가 있고, 산울타리 뿌리 사이사이에 씨앗 저장고가 딸려 있는 참 재미있는 집이었지요.

부엌과 거실, 식기실과 식료품 저장실도 있고, 조그만 박스 침대가 있는 티틀마우스 부인의 침실도 갖춰져 있었어요.

티틀마우스 부인은 지독히도 깔끔을 떠는 특이한 생쥐였어요. 그녀는 모래 바닥을 항상 열심히 쓸고 닦았지요.

"훠이! 훠이! 저리 가! 이 작고 더러운 벌레야."

이따금 길을 잃은 딱정벌레가 복도에 나타나기라도 하면 그녀는 이렇게 말하면서 쓰레받기를 두들겨 밖으로 쫓아내곤 했어요.

어느 날, 빨간색 점박이 코트를 입은 작은 부인이 언덕을 오르내렸어요.

"무당벌레 아주머니, 아주머니 집에 불이 났어요! 얼른 아이들에게 가 보세요!"

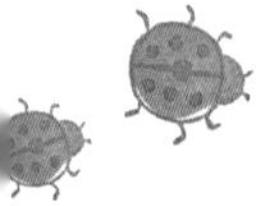

또 어떤 날은 커다랗고 뚱뚱한 거미가 비를 피해 부인의 집으로 들어왔지요.

"실례합니다, 미스 머페트네 집 아닌가요?"

"저리 가! 건방지고 못된 거미야! 내 깨끗한 집을 거미줄 조각으로 어질러 놓다니!"

티틀마우스 부인은 거미를 창문으로 마구 밀어냈어요.

거미는 거미줄을 타고 언덕 아래로 내려갔지요.

티틀마우스 부인은 저녁식사로 먹을 버찌 씨와 엉겅퀴 씨를 가지러 멀리 떨어진 창고로 가는 중이었어요.

복도를 걷는 내내 코를 킁킁거리며 바닥을 살폈지요.

"꿀 냄새가 나는데, 언덕에 야생화가 피었나? 이 더러운 벌레 발자국들 좀 보라지, 아이고."

모퉁이를 돌자마자 부인은 느닷없이 왕벌과 마주쳤어요.

"붕, 붕, 붕."

왕벌이 말했지요.

티틀마우스 부인은 왕벌을 심각하게 쳐다보며 빗자루를 갖고 있다면 얼마나 좋을까 생각했어요.

"안녕하세요, 왕벌님. 밀랍을 사고 싶어요. 그런데 여기서 뭐하시는 건가요? 왜 항상 창문으로 날아 들어와서 붕붕거리는 거죠?"

티틀마우스 부인은 심술이 나기 시작했어요.

"붕, 붕, 붕."

왕벌이 언짢다는 듯 요란하게 소리를 내며 대답했어요. 부인은 옆걸음질 치듯 복도를 지나 도토리가 있는 창고 안으로 사라져 버렸지요.

창고를 비워야 했기 때문에 티틀마우스 부인은 크리스마스가 오기 전에 도토리를 먹어야만 했거든요.

그런데 아뿔싸, 창고가 지저분한 이끼로 가득 차 버린 거예요.

티틀마우스 부인은 이끼를 뜯어내기 시작했어요. 벌 서너 마리가 고개를 내밀고 사납게 윙윙거렸지요.

"나는 내 창고를 누구에게도 빌려 준 적이 없어! 이건 명백한 무단 침입이야!"

티틀마우스 부인이 말했어요.

"다 쫓아내 버릴 거야!"

"윙! 윙! 윙!"

"누구 날 좀 도와줄 사람이 없을까?"

"윙! 윙! 윙!"

"잭슨 아저씨는 안 돼! 절대 내 집에 들어올 수 없어! 발을 닦지 않으니까."

티틀마우스 부인은 저녁을 먹고 나서 벌들을 쫓아내기로 했어요.

거실로 돌아와 보니 기침을 하는 살찐 목소리가 들렸지요. 잭슨 아저씨가 앉아 있는 게 아니겠어요!

잭슨 아저씨는 조그만 흔들의자에 앉아 난로 망에 발을 올리고 손가락을 빙빙 돌리며 웃고 있었지요.

그는 언덕 아래 하수구에서 살고 있어요. 아주 더럽고 축축한 도랑에 살고 있지요.

“안녕하세요, 잭슨 아저씨? 이걸 어째, 아저씨 다 젖었잖아요!”

“고마워요, 고마워요, 고마워요, 티틀마우스 부인! 잠깐 앉아서 몸 좀 말릴게요.”

잭슨 아저씨가 말했어요.

그는 조용히 미소 지으며 앉아 있었는데, 코트 자락에서 물이 뚝뚝 떨어졌어요. 티틀마우스 부인은 여기저기 돌아다니며 걸레질을 했지요.

잭슨 아저씨는 함께 저녁을 먹지 않겠느냐고 물어봐 주기를 기다리는 것처럼 한참 동안 앉아 있었어요.

하는 수 없이 부인은 버찌 씨를 대접했지요.

"고마워요, 고마워요, 티틀마우스 부인! 하지만 전 이가 없답니다. 이가 없지요. 하나도 없답니다!"

잭슨 아저씨가 말했어요.

그는 쓸데없이 입을 크게 벌렸는데, 정말로 이빨이 하나도 없었어요.

티틀마우스 부인은 다시 엉겅퀴 씨앗을 내왔어요.

"아이고, 작기도 해라. 폭신폭신하구나!"

잭슨 아저씨가 말했어요. 그는 엉겅퀴 씨앗에 붙은 털을 사방으로 날려 보냈지요.

"고마워요, 고마워요, 고마워요, 티틀마우스 부인! 이젠 진짜 꿀 한 접시 먹었으면 좋겠네요!"

“이걸 어쩌면 좋죠? 꿀이 하나도 없는데요, 잭슨 아저씨!”

티틀마우스 부인이 말했어요.

“작고 작고 작은 티틀마우스 부인! 저는 꿀 냄새를 맡고 여기에 왔답니다.”

잭슨 아저씨는 힘겹게 식탁에서 몸을 일으켜 찬장을 들여다보기 시작했어요.

티틀마우스 부인은 거실 바닥에 생긴 그의 커다랗고 축축한 발자국을 닦기 위해 수건을 들고 부지런히 그의 뒤를 따라다녔어요.

잭슨 아저씨는 찬장에 꿀이 없는 걸 확인한 뒤 복도를 따라 걷기 시작했지요.

"정말 끈질기군요, 잭슨 아저씨!"

"작디작은 티틀마우스 부인!"

처음엔 식기실로 비집고 들어갔어요.

"작디작은 티틀마우스 부인? 꿀이 없나요? 정말 없어요?"

식기실 접시 걸개 안에 기어다니는 징그러운 벌레 세 마리가 숨어 있었어요. 그중 두 마리는 도망갔지만 한 마리는 잭슨 아저씨에게 잡히고 말았지요.

잭슨 아저씨가 이번에는 식품 저장실을 비집고 들어갔어요. 나비 소녀가 설탕을 맛보고 있다가 창문으로 달아났지요.

“작디작은 티틀마우스 부인, 손님이 참 많으시네요!”

“초대한 적 없습니다!”

티틀마우스 부인이 말했어요.

잭슨 아저씨와 티틀마우스 부인은 모래로 뒤덮인 복도를 따라 걸어갔어요.

"작디작은……."

"윙! 윙! 윙!"

잭슨 아저씨는 모퉁이에서 왕벌을 만났고 덥석 잡아챘다가 놓아 주었어요.

"나는 왕벌을 좋아하지 않아요. 온몸이 털복숭이잖아요."

잭슨 아저씨는 코트 소매로 입을 닦으며 말했어요.

"저리 꺼져! 이 못된 두꺼비 영감!"

왕벌이 소리 질렀어요.

"아이고, 정신없어! 왜 이렇게 시끄러워!"

부인이 왕벌을 나무랐어요.

티틀마우스 부인은 도토리 저장고에서 잭슨 아저씨가 벌집을 없애는 동안 조용히 구석에 숨어 있었어요.

잭슨 아저씨는 벌에 쏘여도 아무렇지도 않은 것 같았어요.

티틀마우스 부인이 조심스레 나와 보니 모두 사라지고 난 후였지요.

하지만 집안이 엉망진창이 돼 있었어요.

"꿀도 여기저기 묻어 있고, 이끼에 엉겅퀴 털까지……. 집이 이렇게 엉망이 된 건 처음이야. 거기다 크고 작은 발자국들까지. 깨끗한 우리 집에 도대체 이게 무슨 일이람!"

부인은 이끼와 남겨진 밀랍을 주워 모았어요.

그런 다음 밖으로 나가 나뭇가지를 몇 개 가져와 대문 일부를 막았지요.

"잭슨 아저씨가 못 들어오게 입구를 작게 만들어야겠어!"

부인은 청소를 하려고 창고에서 비누와 걸레, 새 수세미를 가져왔어요. 하지만 너무 피곤해서 더 이상 아무것도 할 수가 없었지요.

먼저 의자에서 깜빡 잠이 들었다가 침대로 갔어요.

"다시는 집이 이렇게 더러워지는 일은 없겠지?"

불쌍한 티틀마우스 부인이 말했어요.

집이 완벽하게 정돈되고 예전처럼 다시 깨끗해지자 부인은 생쥐 다섯 마리를 불러 파티를 열었어요. 물론 잭슨 아저씨는 부르지 않았지요.

아저씨는 냄새를 맡고 언덕으로 왔지만 문이 좁아서 비집고 들어갈 수가 없었어요.

그래서 도토리 컵에 담긴 단물 한 잔을 창문으로 건네주었는데, 잭슨 아저씨는 하나도 기분 나빠하지 않았지요.

아저씨는 양지에 앉아 이렇게 말했어요.

"작디작은 티틀마우스 부인! 당신의 건강을 위하여!"

정원에서 태어나 자란 시골 쥐 티미 윌리는 어느 날 대문 옆에 놓인 바구니 안으로 비집고 들어가 콩을 먹고 깜빡 잠이 듭니다. 녀석이 잠자는 사이, 바구니는 마차에 실려 도시의 어느 집에 도착합니다. 그곳에서 요리사에게 발각되어 가까스로 죽을 고비를 넘긴 티미는 도시 쥐들의 저녁 식탁으로 떨어집니다. 이때부터 시골 쥐 티미의 도시 생활이 시작되고, 티미는 도시 쥐 조니를 친구로 사귑니다. 그러나 번잡하고 위험천만한 도시 생활이 티미에게는 영 낯설고 무섭기만 해서 자기가 살던 곳으로 돌아가기로 결정합니다. 티미가 시골에 돌아온 지 얼마 안 되었을 무렵 조니가 바구니를 타고 찾아옵니다. 조니는 시골 생활을 좋아할까요?

도시 쥐 시골 쥐 이야기

The Tale of Johnny Town-Mouse

도시 쥐 조니는 찬장에서 태어났어요. 시골 쥐 티미 윌리는 정원에서 태어났지요. 티미 윌리는 잠깐 바구니 속에 들어갔다가 얼결에 도시에 오게 되었어요. 정원사는 마차로 일주일에 한 번씩 커다란 바구니에 채소를 담아 도시로 보냈답니다.

정원사가 대문 옆에 바구니를 놔두면 배달부가 지나가는 길에 바구니를 가져가곤 했어요. 티미 윌리는 헐거운 틈새를 비집고 바구니 안으로 기어들어 가 콩을 먹고 잠이 들었지요.

티미 윌리가 깜짝 놀라 일어나 보니 바구니는 마차에 실린 채 어디론가 가고 있었지요. 달그닥 달그닥 말발굽 소리가 났고, 마차가 덜컹덜컹 요란하게 흔들거렸어요. 그 바람에 마차에 실린 여러 가지 물건들이 쓰러지며 그렇게 한참을 갔답니다. 덜컹! 덜컹! 덜컹!

드디어 마차가 어느 집 앞에 멈춰 섰고, 바구니를 꺼내 안에 들여 놓았어요. 요리사는 배달부에게 6펜스를 주었고, 문이 닫힌 다음 마차는 다시 덜커덩 소리를 내며 떠났지요. 그곳은 마치 마차가 수백 대 있는 것처럼 시끄러웠어요. 개들이 짖고, 길에서는 아이들이 휘파람을 불고, 요리사는 유쾌한 듯 웃었지요. 식사 시중을 드는 하녀가 부지런히 계단을 오르내렸어요. 카나리아가 노래를 불렀는데, 마치 증기기관차 소리 같았답니다.

평생을 정원에서 살았던 티미 윌리는 죽을 만큼 무서웠어요. 얼마 지나지 않아 요리사가 바구니를 열고 채소를 꺼냈지요. 겁에 질린 티미 윌리는 바구니 밖으로 튀어나왔답니다.

요리사는 의자 위로 뛰어 올라가 외쳤지요.

"쥐다, 쥐! 고양이 데려와! 새라, 부지깽이 좀 가져다줘!"

티미 윌리는 새라가 부지깽이를 가져오는 사이에 벽을 따라 구멍이 나올 때까지 달려가 순식간에 사라져 버렸어요.

티미 윌리는 15센티미터 정도 아래로 떨어진 다음 한창 만찬을 즐기고 있는 어느 쥐들의 저녁 식탁에 뛰어들어 컵을 세 개나 깨뜨렸어요.

"맙소사, 이 녀석은 대체 누구야?"

도시 쥐 조니가 물었어요. 처음에 그는 깜짝 놀라 소리쳤지만 이내 평정을 되찾고 예의를 차렸지요.

조니는 최대한 예의를 갖춰 나머지 생쥐 아홉 마리에게 티미 윌리를 소개했어요. 그들은 모두 긴 꼬리에 하얀 넥타이를 하고 있었지요. 그들에 비하면 티미 윌리의 꼬리는 너무 보잘것없고 하찮아 보였어요. 도시 쥐 조니와 그의 친구들은 그 사실을 알았지만 아주 점잖은 쥐들이었기에 인신공격을 하지는 않았지요. 그 중 한 친구만 혹시 지금까지 살아오면서 덫에 걸려 잡혀 본 적이 있는지 물었어요.

저녁 식사는 여덟 가지 메뉴가 제공되는 코스 요리였어요. 그리 특별한 건 없었지만 매우 품격 있는 식사였지요. 티미 윌리는 모두 난생 처음 보는 음식이어서 선뜻 손이 가지 않고 약간 겁도 났답니다. 그는 배가 고팠지만 남들 앞에서 예의를 갖춰 행동하는 게 익숙지 않아 마음이 편치가 않았어요. 게다가 끊임없이 위층에서 나는 시끄러운 소리 때문에 불안한 마음에 어쩔 줄 몰라 하다가 그만 접시를 떨어뜨리고 말았지요.

"신경 쓰지 마세요. 우리랑 상관없는 사람들이니까요."

조니가 말했어요.

"거기 젊은이들, 후식 좀 가져다주겠나?"

식사 시중을 드는 생쥐들에게 말했어요. 두 녀석은 음식이 바뀔 때마다 시끄러운 위층에 있는 부엌을 다녀왔는데, 여러 번 소리 지르고 깔깔 웃으며 우당탕 뛰어들어왔죠. 티미 윌리는 그들이 고양이에게 쫓겨 다니다가 돌아온 사실을 알고 두려움에 질려 입맛을 잃었어요. 너무 무서워 기절할 것만 같았답니다.

"젤리 좀 드실래요?"

도시 쥐 조니가 말했어요.

"싫으세요? 그럼 침대에 누워 쉬실래요? 아주 편안한 쿠션을 드리지요."

쿠션에는 구멍이 나 있었어요. 도시쥐 조니는 이 쿠션이 손님들만을 위한 최고의 침대라고 이야기하며 진심으로 권했어요. 하지만 소파에서는 고양이 냄새가 났기 때문에 티미 윌리는 차라리 난로망 아래서 불편하게 잠자는 편이 더 좋았어요.

날이 밝았고, 어제와 크게 다르지 않았어요. 끝내주는 아침을 먹었지요. 도시 쥐들은 베이컨을 먹는 데 익숙했지만 티미 윌리는 식물 뿌리나 상추가 주식이었어요. 조니와 친구들은 마루 아래에서 떠들고 밤에는 대담하게 온 집안을 돌아다녔지요. 한번은 새라가 아래층에서 차 쟁반을 넘어뜨려 빵 부스러기, 설탕, 잼을 모으느라 한바탕 소동이 일어나기도 했어요.

티미 윌리는 햇살이 비치는 언덕 위에 있는 조용한 집으로 돌아가고 싶었어요. 음식도 입에 맞지 않고 너무 시끄러워서 도저히 잠을 잘 수가 없었거든요. 며칠이 지나자 티미는 홀쭉하게 야위었고, 이를 눈치 챈 조니가 물었어요. 조니는 티미 윌리의 이야기를 듣고 정원에 대해 물었어요.

"얘기를 들어 보니 지루한 곳인 것 같네요. 비가 오면 뭘 하나요?"

"비가 오면 가을 창고에서 씨앗이랑 옥수수 껍질을 꺼내 모래 굴에 앉아 잔디 위의 개똥지빠귀와 찌르레기, 내 친구 수탉 로빈을 내다보죠. 다시 해가 뜬 정원의 모습은 정말 아름다워요. 장미랑 팬지, 패랭이꽃에 새와 벌들 말고는 온 세상이 평화롭고, 풀밭에는 양들이 돌아다니고요. 말로는 다 설명할 수 없고 직접 보셔야 해요."

"또 고양이다!"

조니가 외쳤어요. 지하 석탄창고로 몸을 숨긴 둘은 대화를 계속 이어 나갔지요.

"솔직히 마음이 좋지 않네요. 최선을 다해서 당신을 대접했는데 말이죠, 티모시 윌리엄 씨."

"그래요. 정말 친절하게 대해 주신 거 압니다. 하지만 불편했어요."

티미 윌리가 말했어요.

"아마도 도시 음식이 입에 맞지 않아서 그런 거 같군요. 바구니를 타고 돌아가는 게 낫지 않을까요?"

"어? 아~!"

"진작 알았다면 지난주에 보내드렸을 수도 있었는데요. 빈 바구니가 토요일에 정원으로 돌아간다는 걸 몰랐나요?"

조니는 퉁명스럽게 말했어요.

그래서 티미 윌리는 새로운 친구들과 작별 인사를 하고 케이크 부스러기와 시든 배춧잎을 가지고 바구니에 숨었어요. 한참을 덜컹거리며 간 뒤 자신이 살던 정원에 도착했지요.

티미는 토요일에 가끔씩 문 옆에 놓여 있는 바구니를 보러 갔지만 들어가지 않는 게 좋다는 걸 알고 있지요. 조니는 기회가 되면 놀러 오겠다고 약속했지만 아직까지 그 약속은 지키지 않았어요.

겨울이 지나갔어요. 해가 다시 뜨자, 티미 윌리는 자신의 동굴에 앉아 털을 데우며 제비꽃 향기와 돋아나는 풀냄새를 맡았지요. 그는 도시에 갔던 일도 거의 다 잊고 있었어요. 그런데 모랫길에 갈색 가죽 가방을 들고 말쑥한 차림으로 나타난 건 다름 아닌 도시 쥐 조니였어요!

티미 윌리는 그를 두 팔 벌려 맞이했어요.

"가장 좋을 때 오셨군요. 햇볕 쬐면서 허브 푸딩을 먹도록 하죠."

"음! 좀 눅눅하네요."

조니가 진흙이 묻는 걸 피하려고 꼬리를 팔 아래로 말아 올리며 말했지요.

"이 무시무시한 소리는 뭐죠?"

조니가 소스라치게 놀라 물었어요.

"저거요? 그냥 소예요. 우유를 좀 얻어다 드릴게요. 당신을 깔고 앉지 않는 한 무서워할 필요가 없답니다. 도시에 있는 친구들은 다들 잘 지내나요?"

조니의 반응은 그저 그랬지요. 조니가 이렇게 일찍 티미를 찾아오게 된 건 가족들은 부활절을 맞아 바닷가로 휴가를 떠난 데다 생쥐들을 다 없애면 월급을 올려 준다고 해서 요리사가 대청소를 하고 있었기 때문이에요. 또 도시 집에는 아기 고양이 네 마리가 생겼고, 티미가 도시에 갔을 때 봤던 고양이가 카나리아를 죽인 것도 조니가 알려주었어요.

"사람들은 우리가 카나리아를 죽였다고 하지만 그건 뭘 모르고 하는 소리죠. 그런데 이 무시무시한 소리는 뭐죠?" 조니가 말했어요.

"그건 풀 베는 기계예요. 당신의 침대를 만들어야 하니까 지금 가서 베어 놓은 풀 좀 가져올게요. 조니, 당신은 아마 여기가 너무 좋아서 살고 싶어지게 될 겁니다."

하지만 조니는 도시로 돌아갔어요. 너무 지루하다며 바로 다음 채소 바구니를 타고 돌아갔지요.

사람마다 자신에게 맞는 곳은 제각각 다르기 마련이지요. 시골이 편한 사람이 있는가 하면 도시가 편한 사람도 있어요. 내 경우는 티미 윌리처럼 시골이 더 좋아요!

인형 루신다와 제인이 사는 아름다운 인형의 집. 어느 날 아침, 루신다와 제인이 외출을 나간 사이 톰 썸과 훈카 문카라는 이름의 두 마리 생쥐가 인형의 집에 무단 침입합니다. 두 녀석은 식탁 위에 차려진 음식들이 무척 맛있어 보여 햄을 칼로 썰어 먹으려 하지만 실패하고 손만 다치지요. 화가 난 녀석들은 양철 숟가락으로 햄과 생선을 접시에서 떼어내 보려 하지만 소용이 없습니다. 화가 난 녀석들은 닥치는 대로 때려 부수고 아름다운 인형의 집을 난장판으로 만듭니다. 한참 후 집에 돌아온 제인과 루신다, 엉망진창이 된 집을 보고 기절할 듯 놀라는데…….

나쁜 쥐 두 마리 이야기

The Tale of Two Bad Mice

아주 아름다운 인형의 집이 있었어요. 빨간 벽돌로 된 하얀 창문에 모슬린 천 커튼이 드리워져 있고 정문과 굴뚝까지 있는 예쁜 집이었지요.

그 집은 루신다와 제인이라는 인형들의 집이었어요. 사실은 루신다의 집이었지만 그녀는 단 한 번도 식사를 시켜서 먹은 적이 없었지요.

반면 제인은 요리사였지만 집에서 요리를 해 본 적이 없었어요. 늘 대팻밥이 가득한 상자에 담아 파는 조리된 요리를 사다 먹었기 때문이지요.

상자 안에는 바닷가재 두 마리와 햄, 생선, 푸딩, 배와 귤이 들어 있었어요.

접시에서 떼어낼 수는 없지만 정말 먹음직스러웠답니다.

어느 날 아침, 루신다와 제인이 유모차를 타고 드라이브를 나갔어요. 아기 방에는 아무도 없었고 쥐 죽은 듯 조용했지요. 이내 벽 아랫부분에 구멍이 나 있는 벽난로 근처 구석에서 슥슥, 득득 긁는 소리가 작게 들렸어요.

톰 썸은 머리를 살짝 내밀더니 다시 머리를 불쑥 방 안으로 내밀었습니다. 톰 썸은 생쥐예요.

잠시 후, 톰의 부인 훈카 문카도 방 안으로 고개를 내밀었어요. 그녀는 아기 방에 아무도 없는 걸 확인한 뒤 위험을 무릅쓰고 숯통 아래 달린 기름 먹인 천 위로 나왔지요.

인형의 집은 벽난로 반대쪽에 있었어요. 톰 썸과 훈카 문카는 조심스럽게 벽난로 앞 깔개를 가로질러 갔지요. 인형의 집 정문을 밀었지만 잘 열리지 않았답니다.

톰 썸과 훈카 문카는 위층으로 올라가 식당을 몰래 엿보았어요. 그러고는 기뻐서 찍! 찍! 하고 소리쳤지요.

식탁 위에 차려진 음식들이 너무나 맛있어 보였어요. 양철 숟가락과 납으로 만든 칼과 포크, 인형 의자 두 개. 모든 것이 너무나 좋아 보였답니다.

톰 썸은 즉시 햄을 썰기 시작했어요. 윤기 나는 노란색에 붉은 색으로 줄무늬를 이루는 아름다운 햄이었지요.

그러나 칼이 구부러지면서 톰은 손가락을 다쳤고, 그 다친 손가락을 입으로 가져갔어요.

"아직 충분히 익히지 않았나 봐. 딱딱하네. 네가 해 봐, 훈카 문카."

훈카 문카는 의자에서 일어나 다른 칼로 햄을 잘랐어요.

"햄이 치즈 장수네 햄처럼 딱딱하네."

갑자기 잡아당기는 바람에 햄과 접시가 분리되었고, 식탁 밑으로 굴러떨어졌어요.

"그냥 놔두고, 생선 좀 줘 봐, 훈카 문카."

톰이 말했어요.

훈카 문카는 모든 양철 숟가락으로 차례차례 생선을 떼어 보려 했지만 접시에 붙어 있는 걸 도저히 떼어 낼 수가 없었어요. 그러자 톰 썸은 화가 났지요. 그는 햄을 마루 한가운데에 두고 부젓가락과 삽으로 쾅! 쾅! 내리쳤답니다.

햄은 산산조각이 났고, 반짝이는 페인트 속에는 플라스틱뿐이었어요.

톰 썸과 훈카 문카의 실망과 분노는 쉬이 사라지지 않았어요. 둘은 푸딩과 바닷가재, 배와 오렌지를 부숴 버렸지요.

생선이 접시에서 떨어지지 않자 생선 접시를 부엌의 시뻘겋고 쪼글쪼글한 종이 모형 불 속에 넣었지만 떨어지기는커녕 타지도 않았어요.

톰 썸은 부엌 굴뚝으로 올라가 꼭대기에서 밖을 내다보았는데, 검댕이 하나도 없었어요.

톰 썸이 굴뚝 위에 올라가는 동안 훈카 문카는 또 한 번 실망했습니다. 그녀가 찬장에서 쌀, 커피, 사고 야자 가루라고 적힌 보관 통을 찾았는데, 쏟아 보니 그 안에 든 거라곤 빨간 구슬, 파란 구슬들뿐이었어요.

그러자 생쥐들은 온갖 못된 장난을 저지르기 시작했어요. 톰 썸이 좀 더 심했지요. 톰은 제인의 옷을 침실 서랍장에서 꺼내 맨 위층에서 밖으로 던져 버렸어요.

하지만 훈카 문카는 알뜰했어요. 루신다의 베개에서 깃털을 끄집어내다가 그동안 자신이 깃털 침대를 갖고 싶어 했다는 사실이 생각났어요.

톰 썸의 도움을 받아 베개를 아래층으로 옮기고 난로 앞 깔개를 가로질러 갔어요. 쥐구멍으로 베개를 구겨 넣는 게 쉬운 일은 아니었지만 어떻게든 해냈지요.

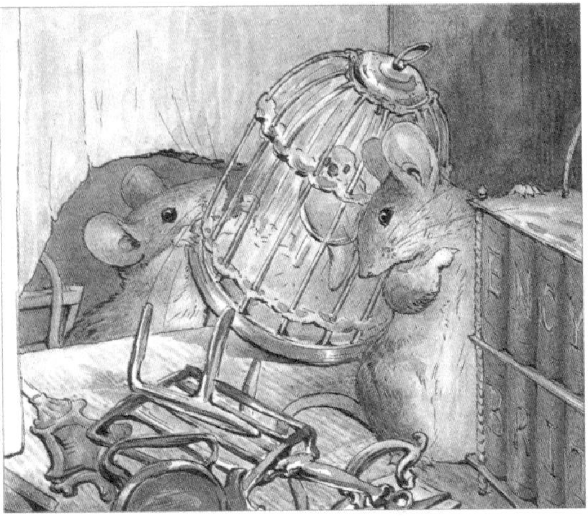

그러고는 훈카 문카는 방으로 돌아가 의자와 책장, 새장과 조그만 잡동사니들을 가져왔어요. 책장과 새장은 쥐구멍에 들어가지 않았지요.

훈카 문카는 책장과 새장을 숯 통 뒤에 두고는 아기 침대를 가져왔어요.

훈카 문카가 또 다른 의자를 가지고 돌아왔을 때 밖에서 인형들이 집에 도착해 말하는 소리가 들렸어요. 생쥐들은 서둘러 쥐구멍으로 돌아갔고 인형들은 아기 방으로 들어왔어요.

제인과 루신다가 맞닥뜨린 광경이란!

루신다는 엉망이 된 부엌 난로 위에 앉아 그 광경을 바라보고 있었고, 제인은 부엌 찬장에 기대 웃고 있었지만 둘 다 아무 말도 하지 않았어요.

책장과 새장은 숯 통 밑에서 다시 찾았지만 아기 침대와 루신다의 옷들은 훈카 문카의 차지가 되었어요.

그녀는 또 유용한 냄비와 항아리, 그 밖의 여러 가지를 가져갔지요.

그 인형의 집주인인 어린 소녀는

"경찰 아저씨 옷을 입은 인형을 살 거야!"라고 말했어요.

그러나 보모는 "쥐덫을 사야겠구나!"라고 말했어요.

나쁜 생쥐 두 마리 이야기지만 사실 그렇게까지 나쁜 생쥐들은 아니었어요. 톰 썸이 자기가 망가뜨린 물건들 값을 치렀기 때문이지요.

벽난로 앞 깔개 밑에서 구부러진 6펜스를 발견한 톰은 크리스마스이브에 아내와 함께 루신다와 제인의 양말 속에 그 돈을 넣어 놓았어요.

그리고 날마다 아무도 깨지 않은 이른 아침 시간에 훈카 문카는 자신의 쓰레받기와 빗자루를 가지고 인형의 집을 청소해 준답니다.

어느 날, 꼬마 소녀 루시는 펑펑 울며 농장 마당으로 들어옵니다. 앞치마와 손수건을 잃어버렸기 때문이지요. 루시는 이리저리 다니며 만나는 동물들에게 자기 물건을 보지 못했느냐고 묻습니다. 그러다가 높은 산에 도착해 어느 외딴 집에 들어가게 되고, 거기서 덩치가 작은 한 부인을 만납니다. 그녀의 이름은 티기 윙클, 빨래하고 옷에 풀 먹이는 일을 잘합니다. 루시는 자신이 잃어버린 물건을 거기서 찾게 되는데요. 티기 윙클 부인은 루시와 함께 옷 꾸러미를 모아 산을 내려오며 동물들에게 깨끗하게 세탁하고 풀 먹인 옷을 줍니다. 그러다가 갑자기 루시의 눈앞에서 사라져 버립니다. 티기 윙클 부인은 대체 어디로 사라진 걸까요? 그리고 그녀의 정체는 무엇일까요?

티기 윙클 부인 이야기

The Tale of Mrs. Tiggy-Winkle

옛날 옛적에 루시라는 꼬마 소녀가 '작은 마을'이라는 이름의 농장에 살았어요. 루시는 착한 꼬마 소녀였는데, 앞치마와 손수건을 자주 잃어버렸지요.

어느 날 꼬마 소녀 루시는 펑펑 울면서 농장 마당으로 들어왔어요.

"앞치마랑 손수건을 잃어버렸어! 손수건 세 장이랑 앞치마. 아기 고양이 태비야, 혹시 못 봤니?"

아기 고양이는 아무 대꾸도 없이 제 혀로 하얀 발을 닦기만 했지요. 하는 수 없이 루시는 얼룩이 암탉에게 물었어요.

"샐리 헤니 페니, 혹시 앞치마랑 손수건 본 적 있어요?"

하지만 얼룩이 암탉은 꼬꼬꼬 울면서 헛간으로 뛰어들어갔어요.

"나 맨발이야, 맨발, 맨발!"

그러자 루시는 나뭇가지에 앉아 있는 도요새 로빈에게 물었어요.

로빈은 반짝이는 까만 눈으로 루시의 옆을 보면서 계단을 넘어 날아가 버렸지요.

루시는 계단 위로 올라가 '작은 마을' 농장의 뒷동산을 올려다 보았어요. 뒷동산은 높이 높이 솟아올라 구름까지 닿아 있어 마치 꼭대기가 없는 것 같았지요.

뒷동산 쪽으로 가는 길에 루시는 풀밭 위에 하얀 무언가가 펼쳐져 있는 것을 본 것 같다고 생각했어요.

루시는 튼튼한 두 다리로 최대한 빨리 산을 타고 올라갔지요. 가파른 길을 따라 오르고 또 올라 '작은 마을'이 바로 발아래 보이는 곳까지 올라갔어요. 굴뚝으로 돌멩이를 떨어뜨릴 수 있을 것만 같은 아주 높은 곳이었지요.

오래지 않아 산 쪽에서 뽀글뽀글 물이 솟는 샘에 도착했지요.

물을 담을 수 있도록 누군가가 양철통을 돌 위에 두었지만 통 속의 물은 이미 흘러 넘치고 있었어요. 양철통은 삶은 달걀 하나를 담을 수 있는 크기였지요. 주변 흙길은 젖어 있었고, 아주 작은 발자국이 찍혀 있었어요.

루시는 뛰고 또 뛰었지요.

길은 커다란 바위 아래에서 끝이 났어요. 초록빛 짧은 풀들이 자라고 있었고, 거기에 옷들이 있었지요. 고사리 줄기를 자른 막대기에 골풀을 땋은 줄과 자그마한 옷핀 더미도 있었지만 손수건은 보이지 않았어요.

그러나 거기엔 문이 있었어요! 언덕 바로 위에 말이에요! 그 안에서 누군가 흥얼거리는 노랫소리가 들렸어요.

"백합처럼 하얗고 깨끗한, 오!

그 사이엔 작은 프릴이, 오!

부드럽고 따뜻한 붉은 얼룩은

이제 다시 보이지 않아요, 오!"

루시가 똑똑 노크를 하자 노래가 멈췄어요. 그러고는 겁먹은 작은 목소리가 들렸지요.

"누구세요?"

루시는 문을 열었어요. 과연 그 안에는 무엇이 있었을까요? 널찍한 돌이 깔린 바닥에 나무 테두리의 근사하고 깨끗한 부엌은 여느 농장의 부엌과 다를 바 없었지요. 다만 천장이 너무 낮아서 루시의 머리가 거의 닿을 정도였고, 냄비나 프라이팬 등 모든 것들이 아주 작았어요.

뭔가 구수하게 타는 냄새가 났고, 테이블에는 한 손에 다리미를 들고 있는 땅딸막한 누군가가 근심스러운 얼굴로 루시를 바라보고 있었지요.

그녀의 가운은 소맷단이 접혀 있었고, 큰 앞치마가 줄무늬 패티코트를 덮고 있었어요. 그녀는 눈을 깜빡거리며 작고 까만 코를 킁킁거렸지요. 루시와 그녀 둘 다 모자를 썼는데, 루시의 모자 아래로는 금발의 곱슬머리가 보이고 그녀의 모자 아래로는 가시가 보였어요!

“누구세요? 혹시 제 손수건을 보셨나요?”

루시가 물었지요.

조그만 덩치의 그녀는 인사를 하며 말했어요.

“오, 그래요. 음……, 내 이름은 티기 윙클이에요. 오, 그래요. 음……, 나는 빨래를 하고 풀을 먹이는 일을 아주 잘한답니다!”

그녀는 빨래 바구니에서 무언가를 꺼내서 다리미 바구니 위에 펼쳤어요.

“그게 뭐죠? 혹시 제 손수건 아닌가요?”

루시가 물었지요.

“오, 아니에요. 음……, 이건 도요새 로빈 씨의 붉은 조끼랍니다.”

그러고는 정성껏 다림질을 한 다음 잘 개어서 한쪽으로 치워 놓았어요.

그런 다음 그녀는 빨래 건조대에서 뭔가를 꺼냈어요.

"그거, 제 앞치마 아닌가요?"

루시가 물었어요.

"오, 아니에요. 음……, 다마스크 천으로 만든 제니 렌의 테이블보예요. 와인 얼룩 좀 보세요. 이런 얼룩은 지우기가 참 힘들답니다!"

티기 윙클 부인이 말했어요.

티기 윙클 부인은 코를 킁킁거리며 눈을 반짝였지요. 그러고는 난로에서 뜨거운 다리미를 하나 더 꺼냈어요.

“그건 제가 잃어버린 손수건들 중 하나예요! 그건 제 앞치마고요!”

루시가 울며 말했어요.

티기 윙클 부인은 다림질을 하며 주름을 잡고 옷의 구김을 없앴어요.

“와! 참 예쁘네요!”

루시가 말했어요.

“그런데 장갑처럼 생긴 그 노랗고 긴 건 뭐죠?”

“오, 이건 샐리 헤니 페니의 스타킹이라오. 마당을 다니며 긁어대는 바람에 뒤꿈치 닳은 것 좀 봐요! 머지않아 맨발로 다니게 생겼다니까!”

티기 윙클 부인이 말했어요.

“다른 손수건도 있네요. 근데 이건 제 것이 아니에요. 빨간색인가요?”

“오, 아니에요. 음……, 이건 토끼 부인의 손수건이라오. 양파 냄새가 지독했지! 이것만 따로 빨았는데도 냄새가 빠지질 않는다니까.”

“저기 또 다른 손수건이 있네요. 이것도 제 것이네요.”

루시가 말했지요.

"저 조그맣고 우습게 생긴 하얀 건 뭐죠?"

"저건 아기 고양이 태비의 벙어리장갑이죠. 태비가 알아서 세탁하니까 나는 다림질만 하면 된답니다."

"저것도 제가 잃어버린 세 번째 손수건이네요!"

루시가 말했어요.

“풀을 먹이는 그릇에 뭘 담근 거죠?”

“박새 톰 아저씨의 조그만 셔츠 앞장식이랍니다. 이게 제일 까다로워요!”

티기 윙클 부인이 말했어요.

“이제 다림질은 다 끝났고, 빨래를 널 차례예요.”

“부드럽고 폭신한 이건 뭐죠?”

루시가 물었지요.

“오, 그건 스켈길에 사는 꼬마 양들의 털복숭이 코트예요.”

“그렇게 털가죽을 벗을 수도 있나요?”

루시가 물었어요.

“오, 그럼요. 어깨에 찍혀 있는 표시를 보세요. 도장이 하나짜리는 게이트거스에 사는 양들의 것이고, 세 개짜리는 작은 마을에서 온 거죠. 세탁할 때는 항상 표시를 해 둔답니다!”

티기 윙클 부인이 말했어요.

티기 윙클 부인은 옷의 종류와 크기에 맞게 분류해 가며 빨래를 널었어요. 생쥐의 조그만 갈색 코트들과 검정색 부드러운 두더지 털가죽 조끼, 다람쥐 넛킨의 꼬리 없는 빨간 연미복과 쭈글쭈글한 피터 래빗의 파란 재킷, 세탁하는 동안 표시가 떨어져 나가 누구 것인지 모르게 된 패티코트 하나. 마침내 빨래 바구니가 모두 비워졌어요.

그리고 티기 윙클 부인은 차를 끓였지요. 한 잔은 부인이 마실 차이고, 다른 한 잔은 루시의 것이었어요. 둘은 난로 앞 벤치에 앉아 서로를 곁눈으로 바라보았지요. 찻잔을 들고 있는 티기 윙클 부인의 손은 진한 갈색이었는데, 비누 거품이 묻어 있고 쭈글쭈글했어요. 그리고 그녀의 가운과 모자 전체에 머리핀의 뾰족한 부분이 거꾸로 튀어나와 있었어요. 그래서 루시는 부인의 곁에 가까이 앉고 싶지 않았지요.

차를 다 마신 뒤 옷들을 모두 모아 한데 묶었어요. 루시의 손수건들은 깨끗하게 빤 루시의 앞치마 안에 접어 넣은 다음 은색 안전핀으로 단단히 고정시켰지요.

그들은 토탄을 넣어 난로를 지피고 집을 나온 다음 문을 잠갔어요. 열쇠는 문지방 아래 숨겨 두었지요.

루시와 티기 윙클 부인은 옷 꾸러미를 들고 총총걸음으로 산을 내려왔어요.

한참을 내려가자 작은 동물들이 덤불에서 나와 그들을 반겼지요. 맨 처음 만난 동물은 피터 래빗과 벤저민 버니였어요.

부인은 그들에게 깨끗이 빤 옷을 건네주었어요. 꼬마 동물들과 새들은 티키 윙클 부인에게 아주 고마워했지요.

산을 거의 다 내려와 계단에 다다랐을 즈음, 루시의 작은 꾸러미밖에 남지 않았어요.

루시는 한 손에 꾸러미를 들고 계단을 기어 올라갔어요. 그런 다음 부인에게 감사 인사와 작별 인사를 하려고 뒤를 돌았지요. 그런데 이상한 일이었어요! 티기 윙클 부인은 감사 인사나 세탁비를 받을 생각도 없는 듯 산 쪽으로 달리고, 달리고, 또 달렸지요. 그녀의 프릴이 달린 모자는 어디로 가 버린 걸까요? 숄은요? 그녀의 가운과 패티코트는 또 어디 간 걸까요?

부인은 몸집도 작아지고, 온통 갈색에 가시로 온몸이 뒤덮여 있었지요.

도대체 어떻게 된 일일까요?

티기 윙클 부인은 고슴도치였던 거예요.

어떤 사람들은 루시가 계단에서 깜빡 잠이 들어 꿈을 꾼 거라고 말을 하지요. 그러나 만약 그렇다면 그녀는 어떻게 잃어버렸던 손수건 세 장과 앞치마를 깨끗하게 세탁한 다음 안전핀으로 단단히 고정시킨 상태로 다시 찾을 수 있었을까요?

사실 저도 '고양이 방울'이라고 불리는 언덕 뒤 안쪽으로 통하는 문을 직접 본 적이 있답니다. 게다가 그 상냥한 티기 윙클 부인은 저와도 잘 아는 사이거든요!

똑똑하고 행복한 아기 돼지 로빈슨은 돌카스와 돌카스라는 이름의 아주 뚱뚱한 고모들과 한 집에 삽니다. 어느 날 두 고모는 애기 끝에 로빈슨을 스티머스로 가는 오솔길까지 모험을 떠나 보내기로 합니다. 그들은 로빈슨에게 달걀 12개와 수선화 한 다발, 콜리플라워 두 줄기, 잼을 바른 빵 샌드위치가 든 커다란 시장바구니를 손에 들려 길을 떠나게 합니다. 로빈슨은 그 달걀과 수선화와 채소를 시장에서 팔아 여러 가지 물건을 사 와야 합니다. 그러나 전혀 예측하지 못한 크고 작은 일들이 꼬리에 꼬리를 물고 일어나고 로빈슨은 파란만장한 모험을 겪게 됩니다. 로빈슨은 모험을 무사히 마치고 집으로 돌아오게 될까요?

아기 돼지 로빈슨 이야기

The Tale Of Little Pig Robinson

Chapter 1

어린 시절, 휴일이 되면 나는 바닷가에 가곤 했어요. 바닷가에 가면 항구와 낚싯배, 어부들이 있는 작은 마을에 머물렀지요. 어부들은 그물을 챙겨 청어를 잡으러 항해를 나갔고, 몇 마리 잡지 못하고 돌아오는 배도 있고 부두에 다 내리지도 못할 만큼 많은 양을 잡은 배도 있었어요. 그러면 말과 마차들이 파도가 잔잔한 얕은 물가로 고기를 잔뜩 실은 배를 맞이하러 몰려든답니다. 보트 옆에서 삽으로 고기를 퍼서 마차에 싣고 생선 트럭이 기다리는 임시 열차가 기다리고 있는 기차역으로 향하지요.

가장 신나는 건 고깃배가 청어를 잔뜩 싣고 돌아올 때예요. 그럴 때면 절반이 넘는 마을 사람들이 부두로 달려나오지요. 심지어 고양이들도요.

수전이라는 흰 고양이는 매번 고깃배를 맞이하는 일을 잊지 않았어요. 수전은 늙은 어부 샘의 아내가 키우는 고양이예요. 샘의 아내 베시는 류머티즘에 걸렸고, 수전과 다섯 마리의 암탉이 가족의 전부지요. 베시는 등이 아파서 난로에 불을 지피거나 냄비를 저을 때마다 "아이고, 아이고!" 하며 신음 소리를 냈어요. 수전은 베시와 달리 건강해서 베시에게 항상 미안해했죠. 수전은

자신이 대신 난로에 불을 지피고 냄비를 저을 수 있기를 바랐어요. 샘이 고기를 잡으러 간 동안 하루 종일 둘은 난로 옆에 앉아 차 한 잔과 우유를 마셨답니다.

"수전, 내가 지금 일어날 수가 없구나. 그러니 대문에 나가서 선장님 배가 돌아오는지 좀 살펴보렴."

수전은 밖에 나갔다 돌아왔어요. 서너 번 정원으로 나갔지요. 늦은 오후가 되자 드디어 바다에서 돌아오는 어선의 돛이 보였어요.

"항구로 가서 선장님께 청어 여섯 마리를 달라고 하렴. 그걸로 저녁을 지어야지. 내 바구니를 가져가렴, 수전."

수전은 바구니를 들고, 베시의 모자와 숄을 빌려 썼어요. 수전은 서둘러 항구로 내려갔지요. 다른 고양이들도 집 밖으로 나와 바닷가로 향하는 가파른 길을 따라 달려 내려갔고, 오리들도 달려갔답니다. 머리털이 빵모자처럼 생긴 이상한 오리들이었어요. 모두들 서둘러 배들을 만나러 갔지요. 거의 모든 사람들이 말이죠. 그 중 단 한 명, 스텀피라는 개만 항구와 반대편으로 가고 있었어요. 그는 입에 종이뭉치를 물고 가고 있었지요.

생선을 좋아하지 않는 개들도 있었어요. 스텀피는 자신과 밥, 퍼시와 로즈양이 먹을 양 갈비를 사러 푸줏간에 가는 길이었답니다. 스텀피는 크고 점잖으며 예의 바른 꼬리가 짧은 갈색 개예요. 그는 리트리버 밥과 고양이 퍼시, 집안일을 하는 로즈 양과 함께 살았어요. 스텀피는 늙은 부자 신사가 키우던 개였지요. 그 노신사가 죽으면서 스텀피에게 평생 일주일에 10실링씩 받도록 유산을 남겨 주었어요. 그래서 스텀피가 작고 예쁜 집에서 밥과 퍼시와 함께 살게 된 거예요.

바구니를 들고 가던 수전은 브로드 가에서 스텀피를 만났어요. 수전은 반갑게 인사를 했지요. 서둘러 배를 마중 나가는 길만 아니었다면 그녀는 퍼시의 안부를 묻기 위해 잠시 멈춰 섰을 거예요. 퍼시는 우유 수레바퀴에 다리가 끼어 다치는 바람에 절뚝거

렸어요.

스텀피는 곁눈질로 수전이 다가오는 것을 보고 꼬리를 흔들었지만 멈춰 서지는 않았어요. 스텀피는 양 갈비를 떨어뜨릴까 겁이 나서 머리를 숙여 인사하거나 "안녕하세요"라고 말을 할 수도 없었지요. 그는 브로드 가에서 자신이 살고 있는 우드 바인 길로 접어들어 문을 열고 집 안으로 사라졌답니다. 이내 요리하는 냄새가 퍼지고, 스텀피와 밥, 로즈양은 양 갈비를 먹었어요.

퍼시는 저녁 식사 자리에 모습을 보이지 않았어요. 그는 창문으로 빠져나가 마을의 다른 고양이들처럼 고깃배를 마중 나갔답니다.

수전은 서둘러 브로드 가를 따라가다가 항구로 가는 지름길인 가파른 돌계단을 내려갔어요. 오리들은 현명하게 바닷가를 돌아가는 다른 길로 갔지요. 계단들이 너무 가파르고 미끄러워서 고양이만큼 넘어지지 않고 잘 내려갈 이는 아무도 없을 거예요. 수전은 힘들이지 않고 재빠르게 내려갔답니다. 계단은 모두 마흔세 개였고, 약간 어두운 편인 데다 끈적거렸으며, 말의 등처럼 높았지요.

밧줄과 피치(갑판에 바르는 방수재) 냄새와 많은 사람들이 떠드는 소리가 아래로부터 올라왔어요. 계단 아래는 내항 옆의 부둣가와 승선장이에요.

CANDLES

조수는 썰물이라 물은 없었고, 선박들은 지저분한 진흙 위에 정박해 있었어요. 몇몇 배들은 항구 옆에 매어 두었죠. 또 다른 배들은 방파제 안에 닻을 내렸답니다.

계단 근처에서 지저분한 석탄선 두 척이 석탄을 내리고 있었어요. 선더랜드의 '마저리도' 호와 카디프의 '제니 존스' 호였지요. 일꾼들은 손수레 한 대 분량의 석탄을 가지고 배와 부두를 잇는 널빤지를 뛰어다니고 있었답니다. 석탄을 푸는 부삽은 크레인에 매달려 해안가에서 흔들거렸어요. 그런데 안이 텅 비어서 덜커덩거리는 소리가 요란하게 들렸지요.

부두의 더 먼 곳에서는 '파운드의 양초'라는 또 다른 배가 화물, 배럴, 나무통, 상자 등 여러 가지가 섞인 화물을 배의 짐 선반에 싣고 있었어요. 선원들과 부두 일꾼들은 소리치고 쇠사슬이 덜컹덜컹 덜거덕거렸어요. 수전은 사람들 사이로 슬쩍 지나갈 기회를 엿보고 있었답니다. 수전은 부두에서 사이다가 담긴 통이 공중에 불쑥 튀어나와 움직이며 '파운드의 양초' 호에 실리는 모습을 지켜봤어요. 돛대를 고정하는 밧줄에 앉아 있던 노란 고양이도 그 사이다 통을 보고 있었답니다.

밧줄이 도르래 속으로 빠르게 감겨들어 갔고, 사이다 통이 선원들이 기다리고 있는 배의 갑판 위로 떨어졌어요. 그 아래에 있던 선원이 말했지요.

"조심해! 머리 조심하라고, 젊은 친구! 화물이 다니는 길에서 얼쩡거리지 말고 저리 비켜!"

"꿀, 꿀, 꿀!"

조그만 분홍색 돼지가 갑판 주변을 허둥지둥 뛰어가며 꿀꿀거렸어요.

"파운드의 양초."

밧줄 위에 앉아 있던 노란 고양이가 분홍색 아기 돼지를 쳐다본 다음 맞은편 부두에 있던 수전도 바라보았어요. 노란 고양이는 윙크를 했지요.

수전은 돼지가 배에 오르는 것을 보고 놀랐어요. 하지만 그녀는 서둘러 부두를 따라 석탄과 크레인, 손수레를 모는 사람들, 수많은 소음과 냄새들 사이로 요리조리 빠져나갔답니다. 수전은 생선 경매장과 생선 상자들을 지나고, 생선 분류기와 여자들이 청어와 소금으로 채운 배럴 통을 지나갔지요.

갈매기들이 급강하하며 날카로운 소리로 울었어요. 수백 개의 생선 상자와 몇 톤의 신선한 생선이 작은 증기선의 짐칸에 실렸지요. 수전은 군중들 사이에서 빠져나와 기뻤고, 오리들도 뒤뚱뒤뚱, 꽥꽥거리며 뒤이어 바로 도착했어요. 샘 할아버지의 배 '벳시 티민스'도 청어배로는 마지막으로 청어를 가득 싣고 방파제 근처로 와서 자갈 해변으로 들어왔답니다.

샘 할아버지는 고기를 많이 잡아서 기분이 좋았어요. 부두까지 고깃배가 떠 있기에는 파도가 너무 낮아서 샘과 선원, 두 명의 사내가 배에서 고기를 내려 마차에 싣기 시작했지요. 배에는 청어가 가득했답니다.

하지만 불행인지 다행인지 샘은 수전에게 청어를 한 움큼 던져 주는 일을 실패한 적이 없었어요.

"두 아가씨와 저녁 식사를 위한 청어다! 수전, 가져가렴. 얼른! 망가진 생선은 네가 먹으렴. 나머지는 이제 베시에게 가져다줘."

오리들은 첨벙거리며 꽥꽥 울고, 갈매기들은 날카로운 소리로 울며 급강하하고 있었어요. 수전은 청어가 든 바구니를 들고 계단을 올라가 뒷길로 돌아갔답니다.

베시는 청어 두 마리를 요리해서 수전과 함께 먹고, 나머지 두 마리는 샘이 돌아왔을 때 저녁으로 주었어요. 그러고는 류머티즘 치료에 도움이 되도록 무명천으로 만든 속치마로 따뜻한 병을 감싸 안고 잠자리에 들었지요.

샘은 저녁을 먹고 난로 옆에 앉아 담배를 피운 다음 잠자리에 들었어요. 하지만 수전은 무언가 골똘히 생각하며 오랫동안 불 앞에 앉아 있었지요. 그녀는 생선, 오리들, 절름발이 퍼시, 양 갈비를 먹은 개들, 배 위의 노란 고양이와 돼지를 떠올렸답니다. 수전은 '파운드의 양초'라는 배 위의 돼지를 본 것이 신기하다고 생각했어요. 생쥐는 찻잔 선반 문 아래에서 밖을 내다보았어요. 먼지가 난로 근처에 떨어졌지요. 수전은 부드럽게 가르랑거리며 잠을 잤고, 생선과 돼지들 꿈을 꾸었답니다. 그녀는 돼지가 배 위에 있는 것을 이해할 수 없었어요. 하지만 나는 그 돼지에 대해 다 알고 있지요.

Chapter 2

부엉이와 고양이, 그리고 그들의 황록색 보트에 대한 노래가 기억나세요? 그들은 어떻게 약간의 꿀과 많은 돈을 5파운드 지폐로 바꿀 수 있었을까요?

"그들은 항해를 떠났지. 하루 종일 일 년 내내.

봉나무가 자라는 곳으로.

어느 숲에 새끼 돼지가 있었지.

그의 코에, 그의 코끝에 반지를 끼고.

그의 코끝에 반지를 끼고."

이제 나는 그 돼지에 대해, 그리고 그 돼지가 어떻게 봉나무가 있는 곳에 살게 되었는지에 대해 이야기하려고 해요.

그 돼지가 어렸을 때에는 데번셔에서 고모 돌카스 양과 폴카스 양과 함께 폴콤 양돈장이라는 농장에서 살았어요. 볏짚으로 지은 작고 아늑한 그들의 집은 가파르고 붉은 데번셔 가 꼭대기에 있는 과수원 안에 있었지요.

흙은 붉고, 풀은 녹음이 짙어서 멀리 낮은 곳에서 바라보면 붉은 절벽과 밝은 청색 바다처럼 보였어요. 흰 돛을 단 배들이 바다를 가로질러 스티머스 항구로 들어왔답니다.

나는 종종 데번셔 농장의 이름이 이상하다고 이야기했어요. 만약 당신이 폴콤 양돈장을 본 적이 있다면 당신도 그곳에 사는 사람들이 이상하다고 생각했을 거예요. 돌카스 고모는 살이 쪘고, 몸에 반점이 있으며, 암탉들을 키운답니다. 폴카스 고모는 몸집이 크고 잘 웃는 검은 돼지인데, 빨랫줄에 널어놓은 빨래를 바구니에 담아 집에 들여놓았지요. 우리는 이번 이야기에서 그들에 대한 이야기는 많이 듣지 못할 거예요. 그들은 아무 일 없이 평온한 삶을 살다가 죽어서는 베이컨이 되었어요. 하지만 그들의 조카 로빈슨은 돼지로서 가장 특이한 모험을 했지요.

아기 돼지 로빈슨은 분홍빛이 도는 하얀 살결에 푸른 눈과 통통한 볼과 두 턱, 들창코에 진짜 은반지를 코에 낀 매력적인 꼬마 친구였어요. 로빈슨은 한쪽 눈을 감고 눈을 가늘게 뜨고 옆을 보면 그 반지를 자신도 볼 수 있었답니다.

그는 항상 자신의 삶에 만족했고 행복했어요. 그는 하루 종일 농장을 뛰어다니고 혼자서 조그맣게 노래를 부르거나 꿀꿀거렸지요. 고모들은 로빈슨이 떠나고 난 뒤 애석하게도 그 노래들을 그리워했답니다.

"꿀꿀꿀?"

누구든지 자신에게 말을 걸면 그는 대답했어요.

"꿀꿀꿀?"

로빈슨은 머리를 한쪽으로 기울이고 한쪽 눈을 찡그리며 말했어요.

로빈슨의 고모들은 그를 먹이고 돌봤으며, 하루 종일 바쁘게 쫓아다녔지요.

"로빈슨, 로빈슨! 얼른 오렴! 닭들이 우는 소리가 들리는구나. 가서 달걀 좀 가져오렴. 깨뜨리면 안 돼!"

"꿀, 꿀, 꿀!"

마치 작은 프랑스 소년처럼 대답했어요.

"로빈슨! 로빈슨! 내가 빨래집게를 떨어뜨렸어. 좀 주워주렴!"

폴카스 고모가 건조한 풀밭에서 로빈슨을 불렀어요.

(폴카스 고모는 몸을 숙여 물건을 집을 수 없을 만큼 뚱뚱하답니다.)

"꿀, 꿀, 꿀!"

로빈슨이 대답했어요.

두 고모들 모두 아주아주 뚱뚱했어요. 스티머스 이웃집의 디딤대가 너무 좁게 느껴질 정도였지요. 폴콤 양돈장에서 시작되는 작은 오솔길들은 여러 들판을 가로질러 가는데, 이 들판에서 저 들판으로 나 있는 오솔길에는 항상 산울타리 안에 디딤대가 있었답니다.

"이건 내가 너무 뚱뚱해서가 아니라 이 디딤대가 너무 얇아서 그런 거야."

돌카스 고모가 폴카스 고모에게 말했어요.

"내가 만약 집에 있었다면 너는 그 디딤대들을 간신히 통과할 수 있을까?"

"못할 거야. 앞으로 2년 동안은 못해."

폴카스 고모가 대답했지요.

"짜증나. 그 배달부 때문에 더 짜증나. 장이 서는 바로 전날 찾아가서 그의 당나귀 수레를 뒤엎어 버리고 싶을 정도야. 게다가 계란 12개에 동전 두 닢이라니! 들판을 가로질러 가지 않고 빙

둘러서 가면 얼마나 걸릴까?"

"편도로 간다면 6.5 킬로미터. 나는 내 마지막 남은 비누 조각을 쓸 거야. 하지만 우리가 장을 다 볼 수 있을까? 수레를 고치려면 일주일은 걸린다고 당나귀가 그랬잖아."

한숨을 쉬며 폴카스 고모가 말했어요.

"저녁 먹기 전에 가면 간신히 디딤대를 지나갈 수 있지 않을까?"

"아니, 나는 그렇게 생각하지 않아. 차라리 찰싹 달라붙어 있을래. 너는?"

"우리가 모험을 해 보는 게……."

돌카스 고모가 말을 꺼내고,

"스티머스로 가는 오솔길까지 로빈슨을 보내는 모험?"

폴카스 고모가 마무리를 했지요.

"꿀, 꿀, 꿀!"

로빈슨이 대답했어요.

"나는 로빈슨을 혼자 보내고 싶지 않지만 녀석은 똑똑하니까."

"꿀, 꿀, 꿀!"

로빈슨이 대답했어요.

"하지만 거기에는 네가 반드시 해야 하는 일은 없어."

돌카스 고모가 말했어요.

로빈슨은 마지막 남은 비누 조각을 가지고 욕조 안으로 들어갔지요. 그는 몸을 닦고 말리고 새 핀처럼 반짝이도록 광을 냈답니다. 그러고는 푸른색 면으로 만든 프로(속바지)와 반바지를 입고 커다란 시장바구니를 들고 스티머스로 장 보러 가는 길을 배웠어요.

바구니에는 달걀 12개와 수선화 한 다발, 콜리플라워 두 줄기와 로빈슨이 저녁으로 먹을 잼을 바른 빵 샌드위치도 있었어요. 달걀과 수선화와 채소를 시장에서 꼭 팔아서 다양한 물건들을 사가지고 가야 해요.

"로빈슨, 스티머스에서 몸조심하고, 화약이랑 배 요리사들이랑 가구 운반차, 소시지, 신발, 배, 봉랍을 조심하렴. 파란 가방이랑 비누랑 짜깁기용 털실 잊지 말고. 또 뭐지?"

돌카스 고모가 말했어요.

"짜깁기 털실, 비누, 파란 가방, 이스트, 또 뭐더라?"

폴카스 고모가 말했어요.

"꿀, 꿀, 꿀!"

로빈슨이 대답했어요.

"파란 가방, 비누, 이스트, 짜깁기용 털실, 배추 씨앗 이렇게 다섯 가지야. 분명 여섯 가지일 텐데. 4보다 두 개가 더 많아. 왜냐하면 손수건 모서리 네 곳을 묶고도 두 개가 더 많았거든. 살 것은 여섯 가지이고 반드시……."

"생각났어! 차, 차랑 파란 수건, 비누, 짜깁기용 털실, 이스트, 배추 씨앗. 멈비 씨네 가면 거의 모든 물건을 살 수 있을 거야. 캐리어나 좀 설명해 봐, 로빈슨. 다음 주에 우리가 빨랫감이랑 야채를 좀 더 가져올 거라고 말해 줘."

"꿀, 꿀, 꿀!"

로빈슨이 바구니를 들고 출발하면서 대답했어요.

돌카스 고모와 폴카스 고모는 현관에 서 있었답니다. 그들은 시야에서 사라져 들판 아래, 첫 번째 디딤대를 지나는 로빈슨을 바라보았지요. 고모들이 다시 집안일을 시작하자 로빈슨을 걱정하는 마음에 서로에게 투덜거리며 퉁명스럽게 대했어요.

"로빈슨을 보내지 않았더라면 좋았을 텐데. 너랑 그 지긋지긋한 파란 가방!"

돌카스 고모가 말했어요.

"과연 파란 가방만 그럴까! 네 짜깁기 털실이랑 달걀은!"

폴카스 고모가 투덜거렸어요.

"그 배달부랑 당나귀 수레 정말 짜증나! 그 사람은 장날이 지날 때까지 도랑을 피하지 못한 거야, 왜?"

Chapter 3

들판을 가로질러 갔지만 스티머스로 가는 길은 멀었어요. 그런데 오솔길이 내리막길로 바뀌자 로빈슨은 기분이 좋아졌지요. 그는 맑은 아침 날씨에 기뻐하며 노래를 부르고 꿀꿀꿀 웃었답니다. 종다리도 로빈슨의 머리 위에서 높이 날며 노래를 불렀어요.

푸른 하늘 높이 흰 갈매기들이 큰 원을 그리며 날고 있었어요. 갈매기들의 허스키한 울음소리는 저 높이 하늘에서 땅 위로 내려오면서 부드러워졌답니다. 거드름 피우는 떼까마귀와 활기찬 갈가마귀들이 데이지꽃과 미나리아재비꽃들 사이로 뽐내며 걷고 있었어요. 새끼 양들은 폴짝거리고 매하고 울고, 양은 로빈슨 주변을 돌아보았지요.

"스티머스에서 몸조심해라, 아기 돼지야."

자애로운 암양이 말했어요.

로빈슨은 숨이 가쁘고 더울 때까지 빠른 걸음으로 걸었어요. 그는 다섯 개의 큰 들판을 지났고 많은 디딤대를 지났지요. 계단이 있는 디딤대, 사다리가 있는 디딤대, 나무기둥이 있는 디딤대. 어떤 디딤대는 무거운 바구니를 들고 지나가기 어려웠답니다. 폴콤 양돈장은 뒤를 돌아봐도 더 이상 보이지 않았어요. 농지와 절

벽 너머 저 멀리 그의 앞에 가까이에서는 한 번도 보지 못한 검푸른 바다색 장미가 벽처럼 펼쳐졌지요.

로빈슨은 쉬려고 울타리 옆 햇볕이 잘 드는 자리에 앉았어요. 노란 갯버들 꽃송이가 머리 위에 있고, 앵초 수백 개가 둑 위에 열려 있었답니다. 따뜻한 이끼와 풀냄새에 축축한 붉은 땅에서 김이 올라오고 있었지요.

"만약 저녁을 지금 먹으면 가지고 다닐 필요가 없을 거야, 꿀꿀꿀."

로빈슨이 말했어요.

너무 많이 걸어서 무척이나 배가 고파 샌드위치만큼이나 달걀도 먹고 싶었지만 로빈슨은 그런 행동을 참을 만큼 잘 자란 아이였답니다.

"참지 않으면 계란 24개도 먹어 치워 버릴 거야."

그는 앵초 한 송이를 집어서 돌카스 고모가 견본으로 준 짜깁기 털실에 묶었어요.

"장에 가서 앵초를 팔아서 맛있는 거 사 먹어야지. 얼마나 벌 수 있을까?"

주머니를 만지작거리면서 로빈슨이 말했어요.

"돌카스 고모가 주신 동전 하나, 폴카스 고모가 주신 동전 하나, 그리고 앵초를 팔아서 벌 동전 하나, 와! 꿀꿀꿀! 저 사람은 빠른 걸음으로 길을 가네! 이러다 장에 늦겠어!"

로빈슨은 껑충 뛰어서 바구니를 아주 좁은 디딤대에 억지로 통과시켰어요. 그 디딤대는 공공 도로로 지나가는 오솔길로 향하는 디딤대랍니다. 페퍼릴 할아버지가 밤색에 다리가 하얀 말을 타고 나타났지요. 할아버지의 두 마리 개, 키 큰 그레이하운드는 그의 앞에 달려가고 있었어요. 개들은 지나왔던 모든 들판의 문들의 빗장을 살펴보고 있었답니다. 엄청 크고 다정한 개들이 로빈슨에게 달려와 그의 얼굴을 핥고 바구니에 무엇이 들었는지 물었어요. 페퍼릴 할아버지가 개들을 불렀어요.

"파이럿, 포스트보이! 이리온!"

그는 달걀에 대해 설명하기를 바라지 않았어요.

최근에 도로에 날카로운 돌을 깔아서 페퍼릴 씨는 밤색 말을 풀이 난 가장자리로 걷게 하면서 로빈슨에게 말했어요. 그는 붉은 얼굴에 흰 수염이 난 붙임성 좋은 쾌활한 노신사였답니다. 스티머스와 폴콤 양돈장 사이의 모든 푸른 들판과 붉은 경지가 그의 땅이었지요.

"안녕, 안녕! 어디 가는 길이니, 아기 돼지 로빈슨?"

"안녕하세요, 페퍼릴 할아버지. 시장에 가는 길이에요. 꿀꿀꿀!"

로빈슨이 말했어요.

"뭐라고? 너 혼자서? 돌카스 양과 폴카스 양은 어디 계시니? 내가 알기로는 아프지 않은데."

로빈슨은 좁은 디딤대에 대해 설명했어요.

"이런! 너무 뚱뚱해서, 너무 뚱뚱해서? 그래서 너 혼자 시장에 가는 거니? 고모들에게 심부름시킬 개를 키워 보라고 하는 건 어떨까?"

로빈슨은 페퍼릴 씨의 모든 질문에 재치 있게 답했어요. 로빈슨은 어린이치고는 채소에 대한 상당한 지식을 갖고 있었고 총명함을 보였답니다. 그는 빠른 걸음으로 말 아래 쪽으로 걸어가면서 말의 반짝이는 밤색 코트와 흰 안장 끈, 페퍼릴 씨의 각반과 갈색 가죽 부츠를 올려다보았어요. 페퍼릴 씨는 로빈슨이 맘에 들어 그에게 동전 하나를 주었지요. 돌이 깔린 길이 끝날 무렵, 페퍼릴 씨는 고삐를 잡고 뒤꿈치로 말을 건드렸답니다.

"그럼 좋은 하루 보내거라, 아기 돼지야. 고모들에게 안부 전해

주고."

그는 개들을 향해 휘파람을 불고 빠른 걸음으로 사라졌어요.

로빈슨은 길을 따라 계속 걸었어요. 그는 일곱 마리 지저분한 돼지가 땅을 파고 있는 과수원을 지나갔답니다. 일곱 마리들 중에 코에 은반지를 낀 돼지는 한 마리도 없었지요. 그는 난간 너머

로 느리게 흐르는 강물에 균형을 잡으며 고개를 내밀고 수영을 하는 작은 물고기나 물 위에 핀 미나리아재비꽃 사이로 첨벙거리며 물장난치는 오리를 보려고 멈추지 않고 스티포드 다리를 건너갔어요. 로빈슨은 방앗간 주인에게 곡식 가루에 대한 돌카스 고모의 메시지를 전달하기 위해 스티포드 방앗간에 들렀고, 방앗간 주인의 아내가 그에게 사과를 주었지요.

방앗간 너머에 있는 집에서 커다란 개가 짖었어요. 하지만 집시라는 이름의 그 개는 로빈슨을 보고 웃으며 꼬리를 흔들었지요. 수레와 마차 몇 대가 그를 앞질러 갔어요. 우선 두 명의 농부들은 가던 길을 멈추고 로빈슨을 바라보았답니다. 그들은 거위 두 마리, 감자 한 자루, 양배추 몇 개를 가지고 있었고, 마차 뒤에 앉아 있었어요. 그러고는 암탉 일곱 마리와 사과 통 아래 지푸라기 안에서 자란 기다란 분홍색 루바브 한 다발을 당나귀 수레에 싣고 한 할머니가 지나갔지요. 그다음에는 딸랑거리는 캔 소리와 함께 로빈슨의 사촌 아기 돼지 톰 피그가 흰 털과 붉은 털이 섞인 조랑말을 타고 우유 배달차를 끌고 왔어요.

톰은 로빈슨에게 마차에 타라고 가끔 제안할 때가 있는데, 언제나 반대 방향으로 갈 때였어요. 사실 오늘도 톰은 집으로 돌아가는 길이었지요.

"이 아기 돼지가 시장에 간대요!"

톰 피그는 명랑하게 소리쳤어요. 그는 로빈슨을 길 한복판에 세워 두고 먼지 구름 사이로 덜거덕거리며 사라졌답니다.

로빈슨은 길을 따라 계속 걸어갔어요. 이내 그는 다시 들판과 오솔길로 이어지는 맞은편 울타리의 다른 디딤대를 지나갔답니다. 로빈슨은 자신의 바구니를 디딤대에 통과시켰지요. 그는 처음으로 불안해졌어요. 이 들판에는 소들이 있는데 크고 윤이 나

는 데번셔 소로 붉은 흙과 같은 색이었지요. 그 소떼의 대장은 포악한 늙은 소로 놋쇠 공을 그녀의 뿔 꼭대기에 달아 놓았답니다. 그녀는 기분 나쁜 표정으로 로빈슨을 빤히 쳐다보았어요. 로빈슨은 옆걸음으로 초원을 가로질러 더 먼 곳의 디딤대를 지나 가능한 한 빨리 그곳을 빠져나왔지요. 로빈슨이 새로 발을 디딘 오솔길은 푸르고 어린 밀이 자라는 밭의 둘레길이었답니다. 누군가 총을 발사하여 로빈슨은 뛰었고, 그 와중에 바구니에 있던 돌카스 고모의 계란이 하나 깨져 버렸어요.

떼까마귀와 갈가마귀 무리가 밀밭에서 시끄럽게 울어 댔어요. 들판과 경계를 이루던 느릅나무 사이로 스티머스 시내의 소음들이 눈에 들어오기 시작했지요. 역에서 들리는 먼 소음, 엔진 소리, 트럭이 쿵 부딪히는 소리, 작업장에서 나는 소음, 먼 시내에서 윙윙 거리는 소리, 항구에 들어서는 증기선의 경적 등 스티머스 시내에서 나는 다른 소리들이 까마귀 울음소리와 섞였답니다. 저 높이 머리 위에서는 갈매기 울음소리가 들려왔고, 느릅나무 안 까마귀 소굴에서 어른, 아이 까마귀들이 까옥까옥 울며 서로 다투는 소리가 들렸어요.

로빈슨은 마지막으로 들판을 지나 걸어서 혹은 마차를 타고 스티머스 시장으로 향하는 시골 사람들 대열에 합류하게 되었답니다.

Chapter 4

스티머스는 피그스타이 강 하구에 위치한 상당히 작은 시내예요. 피그스타이 강은 느리게 흘러 물이 서서히 미끄러지듯이 만으로 흘러들어오고 높고 붉은 곶이 빠져나가는 것을 막아주지요. 시내는 그 자체로 언덕 지대의 비스듬한 내리막길처럼 보인답니다. 바다 쪽으로 난 모든 내리막길은 스티머스 항구로 향하지요. 항구는 부두와 방파제 테두리로 둘러싸여 있어요.

시내의 변두리는 지저분해요. 항구 도시는 이런 경우가 자주 있지요. 외곽에서 떨어진 서부 근처에는 염소들이 살고 있고, 오래된 다리미나 넝마, 타르를 입힌 밧줄, 낚시 그물을 거래하는 사람들이 살고 있답니다. 새끼 밧줄을 제조하는 공장들과 단단한 조약돌로 쌓은 둑 위에 빨아서 널은 덮개가 줄 위에서 흔들리고, 사람들이 버린 미역, 쇠고둥 껍질, 죽은 게 등 깨끗한 푸른 잔디 위 폴카스 고모의 빨랫줄과는 전혀 다른 것들이었어요.

선박용품을 파는 가게도 있었는데 망원경과 방수모자를 팔았어요. 그리고 양파도 팔았는데, 거기서 냄새가 났어요. 이상하게 높은 헛간도 있었어요. 초소처럼 생긴 곳으로 청어 잡는 그물을 매달아 말리는 장소였답니다. 지저분한 집 안에서 떠드는 소리가

크게 들렸지요. 가구 운반하는 사람들을 만나는 장소 같아 보였어요. 로빈슨은 계속 길 한가운데에 있었답니다. 선술집 안에서 누군가 창문으로 그에게 소리쳤어요.

"들어와, 뚱뚱한 돼지야!"

로빈슨은 달아났지요.

스티머스 시내는 깨끗하고 활기차며, 그림같이 아름답고, 조용해요(항구반 항상 제외되죠). 하지만 내리막길이 무척이나 가팔라서 만약 로빈슨이 돌카스 고모의 달걀 하나를 높은 골목길에서 굴린다면 계속해서 아래로 굴러내려 갈 겁니다. 계단에 부딪히거나 발에 밟히지만 않는다면 말이죠. 오늘은 장날이라서 거리에 사람들이 북적거립니다.

포장되어 있지 않은 도로로 걸어가는 건 정말로 어려워요. 모든 아주머니들이 로빈슨의 바구니만큼 커다란 바구니를 들고 다니는 것 같아요. 차도에는 생선 수레, 사과 수레, 그릇류와 철물류를 파는 가판대들, 조랑말 마차에 실린 수탉들과 암탉들, 짐바구니를 실은 당나귀들, 짐마차에 건초를 싣고 가는 농부들이 지나가지요. 또한 부두에서 석탄을 실은 수레도 계속해서 올라오고 있답니다. 시골에서 자란 돼지는 시끄러운 소리 때문에 정신이 없고 무서웠어요.

로빈슨은 포어 가에 갈 때까지 아주 훌륭하게 침착함을 잃지 않았어요. 포어 가에서는 소 떼를 몰고 가던 개가 황소 세 마리를 안뜰 쪽으로 몰고 가려고 하고 있었는데, 스텀피와 다른 동네에서 온 개가 도와주었답니다. 로빈슨과 아스파라거스가 든 바구니를 든 다른 아기 돼지 두 마리는 순식간에 대문 안으로 사라져 고함과 짖는 소리가 사라질 때까지 숨어 있었지요.

로빈슨이 용기를 갖고 다시 포어 가로 나왔을 때 그는 브로콜리를 높게 쌓아 올린 짐 바구니를 나르는 당나귀 꼬리 뒤에 바짝 붙어 따라가기로 결심했어요. 어느 길로 가야 시장으로 가는지 찾는 것은 어렵지 않았지요. 하지만 이런저런 일로 지체되어 교회 시계가 11시를 알리는 소리를 들었을 때는 그리 놀라지 않았답니다.

10시에 장을 열었지만 여전히 많은 손님들이 시장 광장에서 물건을 사고 또 사고 싶어 해요. 광장은 넓고, 바람도 잘 통하고, 밝고, 활기가 넘치지요. 천장은 유리로 덮여 있어요. 많은 사람들로 북적이지만 시끄러운 바깥과 비교하면 훨씬 안전하고 유쾌한 분위기에 사람들에게 치일 걱정도 없답니다. 윙윙거리는 큰 소리가 들리는데, 장사꾼들이 저마다 제품을 외치고 평평한 판자 위에 유제품, 채소, 생선, 조개류 등이 진열되어 있는 가판대 주변으로 손님들이 몰려들어 팔꿈치로 서로 찌르고 밀어내지요.

로빈슨도 물건을 팔 가판대를 찾았어요. 유모 네티고트가 페리윙클(경단 고둥: 달팽이 비슷하게 생긴 것으로 식용함)을 파는 가판대 한쪽 끝이었지요.

"윙클, 윙클 사세요! 윙크, 윙크 매에에~~!"

유모가 매에 하고 울었어요.

유모는 윙클만 팔고 있었기 때문에 로빈슨의 달걀이나 앵초를 시샘하지 않았답니다. 콜리플라워에 대해서는 아는 게 하나도 없었어요. 로빈슨은 물건들을 계속 테이블 아래 바구니에 넣어 두어야 한다는 것 정도는 알고 있었지요. 그는 빈 상자 위에 꽤 자신 있게 올라가서 가판대 뒤에서 대담하게 소리쳤답니다.

"달걀입니다. 갓 낳은 신선한 달걀! 제 달걀과 수선화 사세요!"

"내가 살게. 내가 달걀 12개를 살게. 로즈 양이 달걀이랑 버터를 사오라고 시켰거든."

"죄송하지만 저는 버터가 없어요, 스텀피 씨. 하지만 아름다운 콜리플라워는 있어요."

로빈슨은 콜리플라워를 조금씩 뜯어먹으려고 하는 네티고트 유모를 조심스럽게 힐끗 쳐다보고는 바구니를 들어 올리며 말했어요. 유모는 빵모자를 쓴 오리 손님에게 줄 땜납에 꽂혀 있는 페리윙클을 따져 보느라 바빠 보였지요.

"하나가 깨진 것 말고는 참으로 아름다운 갈색 달걀들이구나. 내 생각에 저 건너편 가판대에 있는 흰 고양이가 버터를 팔고 있는 것 같아. 콜리플라워도 참 예쁘네."

"내가 콜리플라워를 살게, 꼬마야. 작은 들창코가 귀엽기도 하지. 정원에서 콜리플라워를 직접 키운 거니?"

부지런히 서두르며 베시 할머니가 말했어요. 류머티즘이 많이 좋아져서 수전을 집에 두고 나왔지요.

"아니다, 꼬마야. 달걀은 필요 없어. 직접 암탉들을 키우고 있거든. 콜리플라워랑 큰 꽃병에 꽂을 수선화 한 다발 주렴."

베시가 말했어요.

"꿀꿀꿀!"

로빈슨이 대답했어요.

"여기요, 퍼킨스 아줌마. 여기 좀 와 보세요! 혼자서 가판대에 서 있는 아기 돼지 좀 보세요."

"글쎄, 모르겠다!"

퍼킨스 아주머니는 사람들을 밀치고 두 소녀를 따라가면서 소리쳤어요.

"난 절대 안 가! 낳은 지 얼마 안 된 달걀이니, 아가야? 뻥하고 터져서 내 일요일 드레스를 망치는 건 아니겠지? 와이언돗 아줌마가 다섯 가지 꽃 전시회에서 첫 번째 상으로 받은 달걀처럼 터져서 심사위원의 검정 실크 드레스까지 망치는 건 아니겠지? 그릇류와 철물류를 파는 것은 아니고 커피가 묻은 것도 아니지? 그것도 꽃 전시회의 또 다른 속임수들 중 하나였어. 갓 낳은 달걀이 확실한 거니? 달걀이 하나만 깨졌다고? 정말 정직하구나! 구워 먹기 나쁘지 않겠네. 달걀 12개와 콜리플라워 주렴. 새라 폴리, 이거 봐라. 돼지 코에 은반지가 끼워져 있어."

새라 폴리와 그녀의 어린 여자 친구는 키득키득 웃으며 들어

와서 로빈슨은 얼굴이 빨개졌어요. 그는 너무 당황해서 마지막 콜리플라워를 사려는 아주머니가 자신을 건드릴 때까지 알아차리지 못했지요. 이제 다 팔고 앵초 송이밖에 남지 않았답니다. 두 소녀는 좀 더 키득거리며 속삭이더니 로빈슨에게 와서 앵초를 샀어요. 소녀들은 로빈슨에게 돈뿐만 아니라 박하도 줬고, 로빈슨은 그것을 정신이 딴 데 팔려서 성의 없이 받았지요.

로빈슨은 앵초 송이를 건네주자마자 문제가 생긴 것을 깨달았어요. 그는 폴카스 고모가 주신 짜깁기 털실 견본도 팔아 버린 것이지요. 털실은 돌려 달라고 해야 하는지 궁금했지만 퍼킨스 아주머니와 새라 폴리, 그리고 그녀의 작은 여자 친구는 이미 사라져 버린 후였답니다.

로빈슨이 모든 물건을 다 팔고 시장 광장에서 나와 박하를 빨고 있었어요. 아직도 수많은 사람들이 시장 안으로 들어가고 있었지요. 로빈슨은 계단으로 나왔는데, 그의 바구니가 사람들을 밀치고 위로 올라가는 양 아주머니의 숄에 걸려 버렸답니다. 로빈슨이 엉킨 것을 푸는 동안 스텀피가 나타났어요. 그는 장보기를 마쳤고, 그의 바구니는 무거운 물건들로 가득했지요. 책임감 있고 믿음직하고 친절한 개인 스텀피는 누구에게나 기쁜 마음으로 친절을 베풀었답니다.

로빈슨이 그에게 멈비 씨네 가게 가는 길을 묻자 스텀피가 말했어요.

"나는 브로드 가를 통해 집으로 갈 거야. 나랑 같이 가자. 내가 알려줄게."

"꿀꿀꿀! 오, 고마워, 스텀피!"

로빈슨이 말했어요.

Chapter 5

멈비 할아버지는 귀가 들리지 않고 안경을 쓴 할아버지로 잡화점을 운영하고 계십니다. 할아버지는 여러분이 생각하는 거의 모든 것을 팔고 있어요. 그러나 햄은 팔지 않지요. 돌카스 고모가 아주 좋아하는 환경이에요. 계산대 위에 얇고 흰 실로 묶은 혐오스러울 정도로 날 것 상태인 소시지가 담긴 큰 접시와 천장에 매달려 있는 돌돌 말린 베이컨이 없는 잡화점은 스티머스에서 이곳뿐입니다.

"이렇게 기쁠 수가!"

돌카스 고모는 감동한 듯 말했어요.

"가게에 들어갈 때 머리를 햄에 부딪치는 가게에 들어가면서 어떻게 기분이 좋을 수가 있지? 사랑하는 둘째 사촌 동생으로 만들어진 햄일지도 모르는데."

그러므로 고모들은 설탕이며 찻잎, 파란 봉투, 비누, 프라이팬에 성냥, 머그컵까지 모두 멈비네 가게에서 삽니다.

할아버지가 파는 모든 물건들과 그 외에도 주문은 받지만 사두지 않는 물건들까지 있어요. 하지만 이스트는 아주 신선해야 하기 때문에 그는 이스트를 팔지 않지요. 그래서 할아버지는 로

빈슨에게 빵가게에 가서 물어보라고 권해 주었답니다. 또한 그는 양배추 씨앗을 사기에는 너무 늦었다고 하며 올해 양배추 씨 파종은 모두 마쳤다고 했어요. 짜깁기용 털실은 팔았지만 견본이 없어 무슨 색을 사야 할지 알 수 없었지요.

로빈슨은 자신의 돈으로 갱엿 여섯 개를 사고 멈비 할아버지가 돌카스 고모와 폴카스 고모에게 전하는 메시지를 귀 기울여 들었어요. 당나귀 수레가 고쳐지면 양배추를 어떻게 보낼 것인지, 그리고 주전자가 아직 고쳐지지 않은 이유와 특허를 받은 신제품 박스 다리미를 폴카스 고모에게 추천한다는 내용이었어요.

로빈슨은 "꿀꿀꿀?" 말하고 들었어요. 계산대 뒤 의자에 서 있는 작은 개 팁킨스는 파란 봉투에 식료품을 포장하고 있었지요. 팁킨스는 로빈슨에게 속삭였답니다.

"올 봄 폴콤 양돈장 헛간에는 쥐가 있었니? 토요일 오후에는 뭐해?"

"꿀꿀꿀!"

로빈슨은 대답했어요.

로빈슨은 무거운 짐을 들고 가게를 나왔답니다. 갱엿을 먹으니 기분이 나아졌지만 짜깁기 털실과 이스트, 양배추 씨앗 때문에 걱정이 되었지요. 그는 더 걱정스럽게 주변을 둘러보다가 베시 할머니와 다시 만났어요.

"어머나! 아기 돼지구나. 아직 집에 가지 않았니?"

로빈슨은 짜깁기용 털실 때문에 곤란한 상황을 설명했어요.

친절한 할머니 베시는 그를 도와줄 준비가 되어 있었지요.

"이런, 앵초 다발 근처에 있던 털실을 관심 있게 봤단다. 푸른빛이 도는 회색이었어. 내가 최근에 남편 양말을 떠 줄 때 썼던 거랑 같은 색이야. 나와 함께 플리시 플록 털실 가게에 가자꾸나. 내가 털실 색깔을 기억해. 기억하고말고!"

베시가 말했어요.

플록 아주머니는 로빈슨과 부딪쳤던 양이에요. 그녀는 순무 세 개를 산 다음 시장에서 곧장 집으로 왔지요. 가게 문을 잠그고 장을 보러 간 사이에 손님을 놓칠까 봐 서둘러 돌아온 거랍니다.

세상에 이렇게 뒤죽박죽인 가게가 있다니! 모든 종류의 색 털실, 두꺼운 털실, 얇은 털실, 가는 털실, 러그용 털실, 털실 다발들이 뒤섞여 있어 플록 아주머니는 어디에도 발을 디딜 수가 없었어요. 아주머니도 너무 정신이 없어 찾는 데 시간이 오래 걸리자 베시 할머니가 짜증이 났지요.

"슬리퍼를 만들 털실이 필요한 게 아니에요. 짜깁기용 털실이요, 플리시. 짜깁기용 털실이요. 색깔은 우리 남편 양말 만들 때 샀던 거랑 같은 색으로 줘요. 이런, 뜨개질 바늘을 달라는 게 아니에요! 짜깁기용 털실이요!"

"매~, 매~! 흰색이라고 했나요, 검은색이라고 했나요? 세 가닥짜리였나요?"

"세상에나, 회색 짜깁기용 털실이요. 혼합용 모직물이 아니라."

"어딘가 있는 건 확실해요."

플리시 플록은 실타래들이 뒤섞여서 속수무책인 듯 말했어요.

"심람이 오늘 아침에 털 뭉치 일부를 가져와서 지금 가게가 너무 어수선하지요."

털실을 찾는 데 30분이 걸렸어요. 만약 베시가 함께 와 주지 않았더라면 로빈슨은 절대로 털실을 살 수 없었을 거예요.

"벌써 시간이 이렇게 됐네. 이제 나는 가 봐야 해. 우리 남편 샘이 저녁 먹으러 육지로 오는 중이야. 내가 충고한 대로 골드핀치 양에게 그 크고 무거운 바구니는 맡기고 서둘러 장을 보는 게 좋을 거야. 폴콤 양돈장까지 돌아가려면 긴 오르막길을 걸어가야 할 거야."

로빈슨은 베시 할머니의 충고를 따르려고 애썼고, 골드핀치 양에게 걸어갔어요. 가는 길에 빵가게를 찾았고, 이스트를 사야 한다는 생각이 떠올랐지요.

안타깝게도 그런 종류의 빵가게가 아니었어요. 맛있는 빵 냄새가 나고 창문으로는 패스트리가 보였지만 음식점이나 요리 기구를 파는 가게였답니다.

로빈슨이 문을 열고 들어갔을 때 앞치마를 두르고 흰 사각모자를 쓴 남자가 돌아보며 말했어요.

"안녕하쇼! 돼지고기 파이가 뒷다리로 걸어 다니네?"

식탁에 앉아 있던 네 명의 무례한 남자들이 웃음을 터뜨렸어요.

로빈슨은 서둘러 가게를 나왔답니다. 그는 다른 빵가게에 들어가기가 겁이 났지요. 그가 아쉬운 듯 포어 가의 다른 창문들을 들여다보고 있을 때 스텀피와 또 만나게 되었어요. 스텀피는 자기 바구니는 집에 가져다 놓고 다른 심부름을 하러 나온 거였지요.

그는 로빈슨의 바구니를 대신 들어 주었고, 자신이 강아지 비스켓을 사러 자주 가는 빵가게로 로빈슨을 데려갔어요. 거기서 로빈슨은 돌카스 고모가 부탁한 이스트를 살 수 있었답니다.

그들은 양배추 씨앗을 찾아보았지만 실패했어요. 양배추 씨앗이 있을 만한 곳은 부두 근처에 할미새 한 쌍이 운영하는 작은 가게뿐이라는 이야기를 들었지요.

"함께 가 주지 못해서 미안해!"

스텀피가 말했어요.

"로즈 양이 발목을 삐어서 우표 12장을 가져다줘야 하거든. 우체국이 문 닫기 전에 집에 가져다줘야 해. 바구니가 무거우니까 들고서 계단 오르내리지 말고 골드핀치 양에게 맡기도록 해."

로빈슨은 스텀피가 너무나 고마웠어요. 두 명의 골드핀치가 운영하는 간이식당은 돌카스 고모와 조용한 시장 사람들이 애용하는 곳이었어요. 문에는 이 가게의 이름이기도 한 '만족해하는 검은 방울새'라고 하는 작고 통통한 초록 새가 그려져 있었답니다. 이 가게에는 마구간도 있는데, 토요일에 스티머스로 와서 열심히 일한 배달부들의 당나귀들을 위한 것이에요.

로빈슨이 많이 피곤해 보여서 나이가 많은 골드핀치가 차 한 잔을 내주었어요. 하지만 둘 다 그에게 얼른 마시라고 했지요.

"꿀꿀꿀! 웩웩!"

로빈슨은 코를 데었어요.

그들은 돌카스 고모를 존경하지만 로빈슨이 혼자서 쇼핑하는 것은 허락하지 않았고 바구니도 로빈슨이 들기에는 너무 무겁다고 했지요.

"우리 중 누구도 들 수 없어."

언니 골드핀치가 작은 발톱을 드러내며 말했어요.

"양배추 씨앗을 사서 얼른 돌아오렴. 심람의 조랑말 마차가 아직 우리 마구간에서 쉬고 있거든. 그가 출발하기 전에 네가 돌아오면 분명 심람이 너를 태워 줄 거야. 아무튼 좌석 아래 바구니를 놓을 자리도 마련해 주고 할 거야. 폴콤 양돈장을 지나고 있거든. 그러니까 얼른 뛰어갔다 와!"

"꿀꿀꿀!"

로빈슨이 말했어요.

"도대체 무슨 생각으로 재를 혼자 보낸 거지? 어두워지기 전에 절대로 집에 갈 수 없을 텐데. 클라라, 마구간으로 날아가서 심람의 조랑말에게 그 바구니를 싣기 전에는 출발하지 말라고 해."

언니 골드핀치가 말했어요.

동생 골드핀치는 마당으로 날아갔어요. 부지런하고 활발한 작은 새 아가씨는 각설탕과 엉겅퀴 씨앗을 차 통에 잔뜩 갖고 있어요. 그들의 테이블과 찻잔은 티끌 하나 없이 깨끗했지요.

Chapter 6

스티머스가 여관으로 가득 찼어요. 여관이 너무 많았지요. 농부들은 말들을 '검은 황소(Black Bull)'나 '말과 수의사(Horse and Farrier)'에 묵게 했답니다. 더 작은 규모의 시장 사람들은 '돼지와 휘파람(Pig and Whistle)'을 애용합니다. 포어 가 골목에 '왕관과 닻(Crown and Anchor)'이라는 또 다른 여관이 있었어요. 이곳은 선원들이 자주 이용하는 곳인데 몇몇 선원들은 주머니에 손을 넣고 문이 열리기만을 기다리고 있었지요. 푸른 스웨터를 입은 한 선원이 길 건너편에서 어슬렁거리다가 로빈슨을 뚫어져라 쳐다봤답니다.

"아기 돼지다! 너 코담배 좋아하니?"

그가 말했어요.

이제 만약 로빈슨이 잘못을 한다면 그건 그가 '아니오'라는 말을 할 수 없기 때문이에요. 심지어 알을 훔치는 고슴도치에게조차 그런 말을 하지 못하지요. 사실 코담배를 맡거나 담배를 피우면 속이 메스꺼워집니다. 그런데 "아니요, 됐습니다. 아저씨"라고 거절하는 대신 발을 끌며 한쪽 눈을 감고 한쪽으로 고개를 숙인 채 꿀꿀거리며 곧장 그의 일터로 향했지요.

선원은 뿔 모양 코담배를 꺼내고 담뱃잎을 조금 집어 로빈슨에게 주었어요. 로빈슨은 담뱃잎을 작은 종이에 싸서 돌카스 고모에게 줄 생각이었지요. 정중함이라면 남에게 뒤지지 않는 로빈슨은 선원에게 갱엿을 권했답니다.

만약 로빈슨이 코담배를 좋아하지 않았다면 어땠을까요? 어쨌

든 그의 새로운 친구는 갱엿을 거절하지 않았답니다. 그는 놀랄 만한 양을 먹어 치웠지요. 그러고는 로빈슨의 귀를 잡아당겨 그를 칭찬했고 턱이 다섯 개라고 말했어요. 그는 로빈슨에게 양배추 씨앗을 파는 가게에 데려다 주겠다고 약속했고, 결국 배를 안내할 수 있는 영광을 달라고 애원했지요. 그 배는 생강 무역을 하는 배로, 선장 바르나바스 부처가 지휘하는 '파운드의 양초' 호랍니다.

로빈슨은 그 이름이 별로 좋지 않았어요. 수지(양초를 만들 때 쓰는 동물 기름), 라드, 베이컨을 다듬고 굽는 소리가 떠올랐기 때문이었어요. 하지만 그는 그의 안내를 허락했고, 수줍게 웃으며 걸어갔답니다. 만약 로빈슨이 그 남자가 배에서 일하는 요리사라는 걸 알았더라면!

둘이서 하이스트리트를 벗어나 항구로 향하는 가파르고 좁은 길로 내려가고 있는데, 멈비 할아버지가 가게 문 앞에서 걱정스럽게 불렀어요.

"로빈슨! 로빈슨!"

하지만 수레 소리가 너무 시끄러웠어요. 그리고 마침 그때 손님이 들어와 할아버지의 정신을 흩트려 놓았고, 그 선원의 의심스러운 행동도 잊어버렸지요. 그렇지 않으면 가족이라는 입장을 고려하여 그는 틀림없이 자신의 개 팁킨스에게 가서 로빈슨을 데려오라고 시켰을 거예요. 사실은 그렇지 않았으므로 할아버지는 로빈슨이 실종됐을 때 유용한 정보를 제공한 첫 번째 사람이 되었던 거지요. 하지만 그때는 너무 늦어 버렸답니다.

로빈슨과 그의 새 친구는 항구의 정박지로 가기 위해 긴 계단을 내려갔는데, 아주 높고 가파르며 미끄러웠어요. 아기 돼지는 선원이 친절하게 손을 잡아 주기 전까지는 계단과 계단을 뛰어 내려가야만 했지요. 그들은 부두를 따라 손을 잡고 걸었고, 둘의 모습은 마치 끝없이 행복해 보였답니다.

로빈슨은 많은 호기심을 갖고 주변을 둘러보았어요. 그는 이전에 당나귀 수레를 타고 스티머스에 들어올 때 저 계단들을 슬쩍 본 적이 있었지요. 하지만 선원들이 상당히 거친 데다 종종 으르렁거리는 테리어를 선박을 지키는 경비견으로 데리고 있어서 내려가 볼 생각은 하지도 못했답니다.

항구에는 항상 많은 배들이 있어서, 소음과 북적거림이 저 위의 시장 광장만큼이나 크고 시끄러웠어요. '골디락스(Goldie locks)'라고 하는 세 돛대의 배가 오렌지 상자를 내리고 있었고, 부두를 따라 더 먼 곳에서는 브리스틀에서 온 '리틀 보 핍(Little Bo Peep)'이라는 연안 범선이 유햄튼과 램워디의 양들의 털로 만든 털실 상자를 싣고 있었지요.

목에는 방울을 달고 동그랗게 말린 뿔을 가진 숫양 심람이 통

로에 서서 상자 수를 세고 있었어요. 도르래를 가지고 밧줄로 실랑이를 벌이며 크레인이 방향을 바꾸고 다른 털실 상자를 배의 짐칸에 내릴 때마다 사이먼 램은 머리를 끄덕였고, 종이 '딸랑 딸랑 땅' 하고 소리가 났으며, 거친 목소리로 '매애' 하고 울었답니다.

심람은 로빈슨의 얼굴은 알고 있었기 때문에 주의를 줄 의무가 있었어요. 그는 마차를 타고 다닐 때 폴콤 양돈장을 자주 지나

다녔지요. 하지만 잘 보이지 않는 그의 눈은 부두 쪽을 향했답니다. 그는 털실 상자를 이미 35개를 실었는지 34개밖에 싣지 않았는지에 대해 사무장과 말다툼을 해서 당황하고 혼란스러웠기 때문이에요.

그래서 그의 잘 보이는 한쪽 눈은 털실을 보는 데 집중하며, 기다란 막대기로 표시하면서 숫자를 셌어요. 한 상자씩 표시하고, 서른다섯, 서른여섯, 서른일곱. 심람은 마지막에 숫자가 맞기를 바랐지요.

심람의 꼬리가 짧은 양치기 개 티모시 집 또한 로빈슨은 알고 있었지만 석탄선 '마저리 도' 호의 에어데일 테리어와 '골디락스' 호의 스패니쉬 도그의 개싸움을 감독하느라 바빴어요. 아무도 그들의 으르렁거리는 소리를 듣지 못했고, 개싸움은 결국 둘 다 부두 쪽으로 굴러 물속으로 빠지면서 끝이 났답니다. 로빈슨은 선원의 곁을 떠나지 않고 손을 꼭 잡고 있었어요.

'파운드의 양초' 호는 꽤 큰 스쿠너(돛대가 두 개 이상인 범선)인 것이 입증되었고, 새로 페인트 칠을 하고 깃발들로 장식을 했지만 로빈슨은 그 장식의 중요성을 이해하지 못했지요. 배는 방파제 외부의 끄트머리 부분에 있었답니다. 파도가 점점 빨라지면서 배 쪽으로 찰싹거리자 배가 부두 쪽으로 정박되어 있어 밧줄이 꽉 죄어졌어요.

선원들은 바르나바스 부처 선장의 지시에 따라 물건을 집어넣거나 밧줄을 가지고 일을 했어요. 선장은 호리호리한 체격에 피부는 검고, 귀에 거슬리는 목소리를 가진 뱃사람이에요. 그는 물건을 탕 치면서 툴툴거렸어요. 그의 특징 중 하나는 부두에서도 알아들을 수 있는 목소리랍니다. 그는 예인선 '해마'와 한사리(초승달과 보름달 무렵 밀물이 가장 높은 때), 그리고 예인선 뒤로 부는 북동풍에 대해 이야기했고, 제빵사와 신선한 채소들은 11시 정각에 실으라는 이야기도 했답니다. 게다가 합동 선장은 갑자기 말을 멈췄고, 요리사와 로빈슨을 보고는 눈을 반짝였지요.

로빈슨과 요리사는 흔들리는 판자를 지나 배에 올라탔어요. 로빈슨이 갑판에 발을 디디자마자 구두를 닦고 있는 고양이와 마주쳤지요.

고양이는 깜짝 놀란 듯 구둣솔을 떨어뜨렸어요. 그러나 이내 로빈슨에게 윙크를 하고 이상한 표정을 지었지요. 로빈슨은 고양이가 그렇게 행동하는 것을 본 적이 없었답니다. 그래서 그는 고양이가 아픈지 물어보았어요. 그 때문에 요리사가 고양이에게 장화를 집어 던졌고, 고양이는 허겁지겁 로프 위로 뛰어 올라갔지요. 그러나 로빈슨에게는 아주 상냥하게 객실로 내려가 머핀과 크럼핏을 권했답니다.

로빈슨이 머핀을 몇 개나 먹었는지는 알 수 없었어요. 그는 잠

들 때까지 계속해서 먹었고, 의자가 휘청거릴 때까지 계속 자다가 떨어져서 테이블 아래로 굴렀지요. 객실의 한쪽 바닥이 천장에 닿을 듯이 흔들렸고, 다른 쪽 천장이 바닥으로 내려앉듯이 흔들렸어요. 접시들은 춤을 추고 비명 소리에 쿵 하고 떨어지는 소리, 쇠사슬이 덜거덕거리는 소리에 다른 안 좋은 소리도 들렸지요.

로빈슨이 자리에서 일어났는데, 무언가에 부딪힌 기분이었어요. 사다리 계단을 기어 올라가 갑판 위로 나갔지요. 그는 공포감에 '꽥' 하고 비명을 질렀어요. 배를 둘러싸고 크고 푸른 파도가 치고 있었지요. 부둣가의 집들은 인형의 집처럼 작게 보였고, 붉은 절벽과 푸른 들판 너머와 같은 내륙의 높은 곳도 작게 보였답니다. 폴콤 양돈장도 우표보다 작게 보였어요. 과수원에 보이는 흰 조각은 표백하려고 잔디 위에 펼쳐 놓은 폴카스 고모의 빨래였지요. 머지않아 검은 예인선 '해마'가 연기를 내뿜으며 돌진해 오다 뒤집어졌답니다. 선원들은 방금 '파운드의 양초' 호에서 풀어 놓은 배를 끄는 밧줄을 '해마'에 감았지요.

바르나바스 선장은 일어나서 자신의 배를 향해 절을 했어요. 그는 소리를 질렀고 예인선의 주인을 향해 큰소리쳤지요. 선원들도 소리를 지르며 열성적으로 예인선을 끌어당겨 올렸어요. 배가 한쪽으로 쏠리자 서둘러 파도를 뚫고 지나갔고 바다 냄새가 퍼졌답니다.

로빈슨은 울면서 갑판을 돌고 돌았지요. 마치 이성을 잃은 사람처럼 새된 목소리로 소리 질렀어요. 갑판이 심하게 기울어져서 그는 한두 번 넘어졌지만 계속해서 돌고 또 돌았지요. 점점 그의 비명은 가라앉아 노래가 되었지만 여전히 계속 걸어 다니면서 이런 노래를 불렀어요.

"불쌍한 돼지 로빈슨 크루소!

오, 세상에 어떻게 그렇게 할 수가 있지?

끔찍한 배에 태워서 바다에 떠 있게 하다니,

오, 불쌍한 돼지 로빈슨 크루소!"

선원들은 눈물이 날 정도로 웃었어요. 하지만 로빈슨이 똑같은 가사로 오십 번 정도 노래를 부르고, 다리 사이로 뛰어다니며 선원들을 넘어뜨리자 갑자기 화를 내기 시작했지요. 심지어 배의 요리사는 더 이상 로빈슨을 정중하게 대하지 않았어요. 정반대로 그에게 무례하게 굴었답니다. 그는 로빈슨에게 콧노래를 멈추지 않으면 돼지고기로 만들어 버리겠다고 말했어요. 그러자 로빈슨은 현기증이 나서 '파운드의 양초' 호의 갑판 위에 쓰러졌답니다.

Chapter 7

로빈슨이 배에서 구박을 받는다고는 잠시도 상상할 수조차 없어요. 로빈슨은 폴콤 양돈장에서 지낼 때보다 더 잘 먹고 예쁨을 받았지요. 처음 2~3일 동안 자신의 늙고 착한 고모들을 걱정하며 초조해하더니 (특히 뱃멀미를 하는 동안) 이제는 완벽하게 만족하고 행복해졌답니다. 그는 뱃멀미를 하지도 않고 잘 걸어 다닐 수 있는 능력을 발견하고, 살이 너무 찌고 게을러져서 뛰어다닐 수 없을 때까지 갑판 위를 뛰어다녔지요.

요리사는 로빈슨을 위해 감자죽 만드는 일을 귀찮아하지 않았어요. 곡식 한 자루와 감자 한 자루가 특별히 로빈슨의 포만감을 위해 제공되었지요. 로빈슨은 마음껏 밥을 먹고 따뜻한 갑판 위에 누워 있는 걸 좋아했답니다. 배가 남쪽의 따뜻한 나라로 갈수록 그는 점점 게을러졌어요. 항해사들도 그를 귀여워해 주었고 선원들도 예뻐해 줬지요. 요리사가 그의 등을 문질러 주었고 옆구리도 긁어 줬는데 살이 너무 쪄서 간지럽지는 않았어요. 그 배에서 유일하게 로빈슨을 웃으며 대해 주지 않는 건 노란 고양이 톰 캣과 심술궂은 성격의 선장 바르나바스 부처뿐이었지요.

고양이의 행동은 로빈슨을 난처하게 만들었어요. 옥수수 감자

죽 문제가 탐탁지 않은 것이 분명했지만 고양이는 탐욕으로 인한 부적절한 행동과 탐닉에 따른 처참한 결과들에 대해서 모호하게 말했지요. 하지만 그러한 결과들이 어떻게 될지는 말해 주지 않았답니다. 고양이는 옥수수도 감자도 관심 밖이었기 때문이에요.

로빈슨은 고양이의 경고가 편견에서 비롯된 것이라고 생각했지요. 불친절한 게 아니라 슬프고 불길한 예감이었답니다.

고양이는 실연을 당했어요. 고양이가 시무룩하고 우울한 표정이었던 건 부엉이와 떨어져 지내고 있기 때문이었지요. 라플란드에서 온 사랑스러운 암컷 흰올빼미는 그린란드로 향하는 북부 포경선을 타고 있었답니다. 반면 '파운드의 양초' 호는 열대 지방의 바다로 가고 있었기 때문이에요.

따라서 고양이는 자신이 할 일을 하지 않았는데, 요리사에게는 그냥 지나칠 수 없는 일이었던 겁니다. 선장의 시중을 들지 않은 채 구두를 닦거나 하루 종일 밧줄 위에 올라가 달을 향해 세레나데를 불렀어요. 세레나데를 부르지 않는 사이사이에 갑판으로 내려와 로빈슨에게 불만을 토로했답니다.

고양이는 로빈슨에게 밥을 많이 먹으면 안 되는 이유를 한 번도 제대로 말해 준 적이 없습니다. 하지만 의문의 날짜(로빈슨은 절대 기억할 수 없는)를 자주 언급했습니다. 이 날은 부처 선장의 생일로 매년 자신의 생일을 축하하며 최고급 저녁 식사를 했습니다.

"그래서 사과를 아껴 둔 거였어. 양파는 다 자랐어. 날이 더워서 싹이 났거든. 선장이 요리사에게 소스에 사과가 들어가지 않으면 양파도 아무런 의미가 없다고 말하는 걸 내가 들었어."

로빈슨은 신경 쓰지 않았어요. 사실 로빈슨과 고양이는 배의 양 끝에서 은빛 물고기 떼를 보고 있었지요. 배는 완전히 멈춰 있었어요. 요리사는 갑판 위를 산책하며 고양이가 무엇을 보고 있는지 지켜본 다음 싱싱한 고기를 보고 기뻐서 소리쳤답니다. 그러자 이내 절반 이상의 선원들이 낚시를 하고 있었어요. 낚싯줄에 붉은색 털실이나 과자 조각을 미끼로 달았고, 갑판장은 반짝거리는 단추를 미끼로 낚시에 성공했지요.

단추 낚시의 최악은 갑판으로 끌고 오는 사이에 너무 많은 고기가 줄어든다는 것이었어요. 그 결과 선장 부처가 선원들에게 작은 보트를 내려도 좋다고 허락했고 '다비츠'라는 철로 된 기계에서 작은 보트를 내려 잔잔한 바다 위에 띄웠지요. 다섯 명의 선원이 보트에 올라탔고 고양이도 뛰어들어갔답니다. 그들은 몇 시간 동안 낚시를 했고 바람 한 점 불지 않았어요.

고양이가 없는 사이에 로빈슨은 따뜻한 갑판 위에서 평화롭게 잠이 들었어요. 나중에 항해사와 요리사의 목소리에 로빈슨은 잠에서 깼지요. 둘은 낚시에 가지 않았는데 항해사가 말했어요.

"일사병에 걸린 돼지고기 등심은 먹고 싶지 않다고. 깨우자. 아니면 돛천을 던져서 깨우던가. 내가 농장에서 동물을 키워 봤는데 돼지는 땡볕 아래서 잠들게 하면 안 된다고."

"왜 그렇지?"

요리사가 물었어요.

"일사병에 걸리니까. 뿐만 아니라 피부를 마르게 하고 병들어 보이게 만들어서 노릇노릇 잘 구워진 돼지 껍질을 망쳐 놓는다고."

지금 이 순간 돌연 꿀꿀거리며 살려고 발버둥 치는 로빈슨의 머리 위에서는 꽤 무겁고 더러운 돛대 천이 휘날리고 있었어요.

"네가 하는 말 듣은 거 아니야?"

요리사가 낮은 목소리로 물었어요.

"몰라. 상관없어. 배에서 내리지도 못하는 걸."

항해사가 파이프에 불을 붙이면서 대답했어요.

"돼지의 입맛을 떨어뜨릴지도 모르잖아. 얼마나 잘 먹는데."

요리사가 말했어요.

이윽고 선장 바르나바스 부처의 목소리가 들렸어요. 객실에서 낮잠을 자고 나서 갑판으로 올라왔답니다.

"큰 돛대에 까마귀 그물 설치하고 위도, 경도에 따라서 망원경으로 수평선 잘 지켜봐. 차트랑 나침반에 따르면 우리는 현재 다도해 사이에 있어야 하는 거니까."

선장 부처의 목소리가 들렸어요.

로빈슨의 귀에는 돛천 때문에 웅얼거리는 소리로 들렸지만 단호한 느낌은 알 수 있었지요. 하지만 그 항해사에게는 별로 그렇지 않았어요. 그 항해사는 가끔 아무도 듣고 있지 않을 때 선장에 대한 불만을 토로했답니다.

"이제 옥수수는 정말 질린다고."

항해사가 말했어요.

"고양이를 데려와."

선장은 간결하게 명령했답니다.

“고양이는 지금 낚시 보트에 있습니다.”

“그럼 데려와. 그놈이 2주일 동안 내 장화를 닦지 않았어.”

선장은 사다리를 타고 선실로 내려가 위도와 경도를 다시 계산하고 다도해를 찾았어요.

“다음 주 목요일까지 선장이 그 성질머리를 고치길 바라. 그렇지 않으면 선장은 돼지고기 구이를 못 먹을 테니!”

항해사가 요리사에게 말했어요.

둘은 어떤 생선이 잡혔는지 보기 위해 갑판 끝으로 슬슬 걸어

갔고 보트가 돌아왔답니다.

날씨가 아주 잠잠했기 때문에 투명한 바다 위에 까만 밤하늘이 비쳤어요. 보트는 배의 선미에 있는 둥근 창 아래에 묶어 두었지요.

고양이는 망원경을 가지고 돛대로 올라갔어요. 고양이는 한동안 그곳에 머물렀지요. 돛대에서 내려와 아무것도 보이지 않는다고 허위로 보고를 했답니다. 그날 밤은 바다가 너무 잔잔해서 파운드의 양초에게 특별히 눈에 띄거나 주의해야 할 것은 없었어요. 누군가 그래야 한다면 고양이를 예의주시해야 했답니다. 나머지 모든 선원들은 카드놀이를 했지요.

하지만 고양이도 로빈슨도 카드놀이를 하지 않았어요. 고양이는 돛대 천 아래 작은 움직임을 눈치챘지요. 그 아래에는 로빈슨이 놀라서 몸을 떨며 펑펑 울고 있었답니다. 돼지고기에 대한 이야기를 우연히 듣게 된 거죠.

"난 너에게 힌트를 충분히 줬어. 넌 도대체 그 사람들이 왜 너에게 공짜로 밥을 먹여 줬다고 생각하니? 이제부터 비명 지르지 마, 이 바보야! 울지 않고 잘 들으면 코담배만큼이나 쉬워. 노는 어느 정도 저을 수 있잖아."

(로빈슨은 이따금씩 낚시를 하러 가서 게를 몇 마리 잡았던 적이 있습니다.)

“자, 넌 그렇게 멀리 갈 필요가 없어. 내가 돛대에 올라갔을 때 북북동쪽에 있는 섬에서 봉나무 꼭대기가 보였어. 다도해 해협은 ‘파운드의 양초’에게는 너무 좁아. 나머지 보트들은 내가 침몰시킬 거야. 따라와서 내가 하라는 대로만 해!”

고양이가 말했어요.

고양이는 어느 정도의 이타적인 우정과 어느 정도의 요리사와 선장에 대한 유감으로 로빈슨에게 필요한 것들을 모을 수 있도록 도와주었어요. 신발, 봉랍, 칼, 안락의자, 낚시 도구, 밀짚모자, 톱, 파리잡이 끈끈이, 감자 삶는 냄비, 망원경, 주전자, 나침반, 망치, 밀가루 한 통, 다른 곡식, 물 한 통, 텀블러, 찻주전자, 못, 양동이, 드라이버 등등.

"그러고 보니 생각나네"라고 말하고는 고양이는 갑판을 돌며 '파운드의 양초' 호에 있는 세 개의 보트에 커다란 구멍을 뚫었지요.

이쯤 되자 아래 선실에서 험악한 소리가 들리기 시작했어요. 손버릇이 좋지 않은 선원들이 카드놀이가 지겨워지기 시작한 거죠. 그러자 고양이는 로빈슨에게 서둘러 작별 인사를 하고 로빈슨을 배 쪽으로 밀었고, 그는 밧줄을 타고 보트로 미끄러져 내려갔답니다. 고양이는 줄의 위쪽 끝을 풀러 로빈슨에게 던지고는 밧줄을 올리고, 잠을 자는 척하면서 망을 봤어요.

로빈슨은 자기 자리에 있는 노를 잡다가 무언가에 걸려 넘어졌어요. 그의 다리는 노를 젓기에는 짧았지요. 선실에 있던 선장이 카드를 손에 쥔 채 패를 돌리지 않고 소리에 귀를 기울였답니다(그 사이 요리사는 카드를 뒤집어 볼 수 있는 기회를 잡았어요). 그러고는 패를 다시 섞기 시작했고, 노 젓는 소리는 조용한 바닷속으로 가라앉았어요.

게임 한 판을 더 하고 나서 항해사 두 명이 선실에서 나와 갑판 위로 올라갔어요. 저 멀리서 크고 검은 벌레 같은 모형이 나타

난 것을 알게 되었지요. 한 명은 거대한 바퀴벌레가 뒷다리로 수영을 한다고 말하고 다른 한 명은 돌고래라고 말했어요. 그들의 말다툼 소리는 점점 커졌지요. 요리사가 패를 돌리고 나서 카드를 갖고 있지 않았던 선장이 갑판 위로 나와 말했답니다.

"내 망원경을 가져와."

망원경은 사라지고 없었어요. 그뿐만 아니라 신발, 봉랍, 컴퍼스, 감자 냄비, 밀짚모자, 망치, 못, 양동이에 드라이버, 안락의자까지 보이질 않았지요.

"저 작은 보트를 잡아와. 저기에 누가 탔는지 보자고."

선장 부처가 명령했어요.

"보트는 다 그대로 있습니다. 그럼 저건 돌고래라고 해야 할까요?"

항해사가 반항적으로 말했어요.

"이런, 세상에나! 보트가 사라졌다!"

항해사가 소리쳤어요.

"다른 보트를 타. 나머지 세 대 모두 타고 가서 저 돼지랑 고양이 잡아!"

선장이 고함쳤어요.

"아닙니다, 선장님. 고양이는 밧줄 위에서 자고 있습니다."

"고양이 깨워! 가서 돼지 잡아와! 사과 소스를 버리게 생겼잖

아!"

요리사는 춤을 추듯이 나이프와 포크를 휘두르며 소리를 질렀어요.

다비츠라는 기계가 흔들리고 보트들이 휙, 첨벙 소리와 함께 바다 위로 내려왔지요. 선원들은 보트 위로 기어 올라가 미친 듯이 노를 저었어요. 그들은 대부분 '파운드의 양초' 호로 돌아가기 위해 혼신의 힘을 다해 노를 저었답니다. 모든 보트가 심각하게 물이 샜기 때문이었어요. 로빈슨은 고양이에게 고마울 뿐이었죠.

Chapter 8

로빈슨은 '파운드의 양초' 호에서 먼 곳으로 노를 저었어요. 로빈슨에게 노가 무척 무거웠지만 그는 악착같이 노를 저었지요. 그 사이 해가 졌어요. 열대 지방에 가 본 적은 없지만 그곳에는 바다 위에 이상한 불빛이 있었어요. 로빈슨이 노를 들어 올렸을 때 노에서 떨어지는 반짝이는 물이 마치 다이아몬드 같았답니다. 이내 수평선 위에 달이 뜨기 시작했고, 마치 커다란 은쟁반이 솟은 것 같았지요. 로빈슨은 노 위에 누워서 잔잔한 바다 위 달빛 아래 가만히 떠 있는 배를 바라보았어요. 이 순간에도 로빈슨은 배와 1킬로미터 더 멀어졌고 같은 시각 갑판 위로 올라온 선원들은 로빈슨이 탄 보트가 수영 벌레가 아닐까 생각했지요.

로빈슨은 '파운드의 양초' 호에서 나는 소리가 듣기에는 너무 먼 곳을 왔답니다. 하지만 곧 보트 세 대가 쫓아오기 시작했다는 걸 알아채고 본의 아니게 비명을 지르며 미친 듯이 노를 저었어요. 하지만 추격전에 로빈슨이 지치기도 전에 보트들은 배로 돌아갔지요. 그제야 로빈슨은 고양이가 송곳으로 구멍을 뚫어 놓아 물이 샌다는 것을 떠올렸어요. 로빈슨은 밤새도록 서두르지 않고 조용히 노를 저었답니다. 그는 잠들지 않으려고 했고, 바람도 기

분 좋게 시원했지요. 다음 날은 더웠지만 로빈슨은 돛천 아래서 깊은 잠에 빠졌어요. 돛천은 꼼꼼한 고양이가 텐트를 만들어야 할 때를 대비해서 보트에 실어 준 것이었어요. 바다는 평평하지 않기 때문에 배는 로빈슨의 시야에서 점점 사라졌어요. 처음에는 선체가 보이지 않더니 다음에는 갑판도 안 보이고, 나중에는 돛대 일부분만 보이더니 결국 완전히 보이지 않게 되었답니다.

로빈슨은 배를 기준으로 방향을 정해 노를 저었는데 방향 기준을 잃어버리자 그는 나침반을 살펴보려고 몸을 돌렸어요. 그때 쿵, 쿵 보트에 모래 언덕이 부딪혔지요. 뾰족한 것에 찔린 게 아닌

것이 천만다행이었어요.

로빈슨은 보트에서 일어나 노 한쪽을 저으면서 주변을 둘러보았답니다. 그의 눈에 보이는 것은 봉나무 꾹대기였어요!

30분 정도 노를 저어 크고 비옥한 섬의 해변에 닿았어요. 해변은 굴로 뒤덮여 있었고, 신맛이 나는 과일과 단맛이 나는 과일들이 나무에서 자라고 있었지요. 고구마와 비슷한 얌은 먹어도 될 정도로 충분히 익었고, 빵나무에서는 시원한 케이크와 머핀이 자라고 이미 구워져 있었답니다. 더 이상 감자죽을 먹으며 한숨을 쉴 필요가 없었어요. 머리 위로는 봉나무가 높이 솟아 있었지요.

만약 이 섬에 대한 자세한 내용이 궁금하다면 『로빈슨 크루소』를 읽어 보세요. 봉나무 섬은 몇 가지 단점을 빼면 『로빈슨 크루소』에 나오는 섬과 똑같으니까요. 직접 가 본 적은 없지만 18개월 후에 그곳을 방문해 즐거운 신혼여행을 하고 돌아온 부엉이와 고양이의 이야기를 바탕으로 썼지요. 그들은 날씨에 대해 열을 올리며 이야기를 했는데 부엉이에게는 조금 덥다고 하네요.

이후에 로빈슨은 스텀피와 팁킨스를 만나러 갔어요. 그들은 로빈슨이 건강한 모습으로 돌아와 아주 기뻐했지요. 로빈슨은 스티머스로 돌아올 생각이 전혀 없다고 했답니다. 내가 아는 바로는 여전히 그 섬에 살면서 점점 뚱뚱해지고 있으며, 배의 요리사는 두 번 다시 로빈슨을 찾지 못했다고 합니다.

뻐띠토라는 이름의 아줌마 돼지와 여덟 명의 자녀들. 뻐띠토 아줌마는 날마다 말썽꾸러기 아이들을 돌보느라 정신이 하나도 없습니다. 어느 날 뻐띠토 아줌마는 아들 피글링 블랜드와 알렉산더에게 조심해야 할 것을 자세히 일러 준 뒤 눈물을 흘리며 시장에 보냅니다. 뻐띠토 아줌마는 두 아들의 손에 랭커셔의 시장에 들어갈 수 있는 통행증을 쥐어 주며 잃어버리지 말라고 신신당부합니다. 시장에 가는 길에서 그들은 경찰과 딱 마주치고, 통행증 검사를 받습니다. 한데, 천방지축 알렉산더는 통행증을 잃어버려 할 수 없이 경찰 아저씨와 함께 집으로 돌아가게 됩니다. 이때부터 전혀 예기치 못한 파란만장한 모험이 피글링 블랜드 앞에 펼쳐지는데……. 피글링 블랜드는 모험을 잘 마치고 집으로 돌아오게 될까요?

피글링 블랜드 이야기

The Tale of Pigling Bland

옛날 옛적에 쁘띠토라는 아줌마 돼지가 살고 있었어요.

아줌마의 가족은 모두 여덟 명이었지요. 삐순이(크로스 패치), 먹보(석석), 투덜이(욕욕), 얼룩이(스팟)라는 이름의 아기 돼지 네 자매와 알렉산더, 피글링 블랜드, 친친, 스텀피라는 이름의 돼지 사형제, 모두 합해 여덟 명의 가족이었답니다.

스텀피는 예전에 사고로 다치는 바람에 꼬리가 없어요.

돼지 여덟 형제는 먹성이 아주 좋았지요.

"그래, 그래, 잘 먹는구나. 정말 잘 먹어!"

쁘티토 아줌마는 자랑스러운 얼굴로 자식들을 바라보며 이렇게 말했답니다.

그런데 갑자기 끔찍한 비명소리가 들렸어요. 알렉산더가 돼지 여물통에 꽉 끼어 있었던 거예요.

쁘띠토 아주머니와 나는 알렉산더의 뒷다리를 잡고 꺼내 주었답니다.

친친이 말썽을 부려 쁘띠토 아줌마를 부끄럽게 했어요. 몸을 씻는 날에 친친이 비누 조각을 먹어 버렸기 때문이지요. 그리고 어떤 돼지 한 마리가 다른 아기 돼지가 애써 세탁한 옷이 들어 있는 빨래 바구니 안에 앉아 있었어요.

"쯧쯧쯧, 이 녀석은 누구니?"

쁘띠토 아주머니가 꿀꿀거리며 말했어요.

돼지 가족은 모두 분홍색이거나 분홍 바탕에 검은 얼룩무늬를 띄고 있는데, 이 아기 돼지는 온몸이 지저분한 검은색이었어요. 한데, 아기 돼지를 욕조에 넣고 씻어 보니 투덜이로 밝혀졌답니다.

텃밭에 나가 보니 삐순이와 먹보가 당근을 뿌리째 파내고 있었어요. 나는 두 녀석을 때려 주고 귀를 잡아당겨 쫓아냈지요. 그러자 삐순이가 나를 물려고 했답니다.

"쁘띠토 아주머니, 쁘띠토 아주머니! 아주머니는 훌륭하신 분인데, 아이들은 그렇지 못한 것 같아요. 얼룩이와 피글링 블랜드를 빼고는 하나같이 말썽꾸러기들이네요."

"그래, 그래! 녀석들이 우유를 양동이로 하나 가득 마시니 다른 젖소를 더 데려와야 할 정도야! 착한 아기 돼지 얼룩이는 집안일을 한다고 하니 집에 있어야겠지만 다른 녀석들은 보나마나 집을 떠나려고 할 거야. 사내 녀석 넷이랑 여자 아이 넷이서 한데 어울려서 어찌나 싸돌아다니는지, 원! 그 녀석들이 아니면 먹을 음식도 더 있었을 텐데."

그래서 친친과 먹보는 외바퀴 손수레를 타고 집을 떠나고, 스텀피와 투덜이, 삐순이는 마차를 타고 떠났어요. 그리고 나머지 형제 돼지 두 마리, 피글링 블랜드와 알렉산더는 시장으로 향했어요. 쁘띠토 아주머니는 그들의 코트를 정성껏 솔질해 준 다음 꼬리를 말아주고 깨끗이 세수를 시켜 줬답니다. 그러고는 마당에서 작별 인사를 했지요.

쁘띠토 아주머니는 커다란 손수건으로 자신의 눈가를 훔친 다음 피글링 블랜드의 콧물과 흐르는 눈물을 닦아 주었어요. 그리고 알렉산더의 눈가에 흐르는 콧물과 눈물도 닦아 주었지요. 그런 다음 쁘띠토 아주머니는 손수건을 얼룩이에게 건넸답니다. 아주머니는 한숨을 내쉬며 꿀꿀거렸어요. 아기 돼지들을 불러 다음과 같이 말했지요.

"피글링 블랜드, 내 아들 피글링 블랜드야! 이제 너는 시장에 가야 한단다. 네 동생 알렉산더와 손을 꼭 잡고 가렴. 일요일마다 입는 옷이 더러워지지 않도록 조심하고, 자주 코 푸는 거 잊지 말고."

(아주머니는 손수건을 다시 돌려주었습니다.)

"덫에 걸리지 않도록 조심하고, 닭장이랑 베이컨 에그를 특히 조심하렴."

차분하고 진지한 눈으로 엄마를 바라보는 아기 돼지 피글링 블랜드의 볼 위로 눈물이 흘러내렸어요.

뻐띠토 아주머니는 다른 아이들을 향해 이렇게 말했지요.

"자, 알렉산더야, 손잡으렴."

"꿀, 꿀, 꿀."

알렉산더는 키득키득 웃었답니다.

"어서 피글링 블랜드 형의 손을 잡으렴. 시장에 가야 한단다. 부디 조심하렴."

"꿀, 꿀, 꿀."

알렉산더가 다시 엄마 말에 끼어들었어요.

"네가 날 화나게 하는구나!"

뻐띠토 아주머니가 말했답니다.

"표지판이랑 이정표 잘 보고, 청어 뼈 허겁지겁 먹지 말고!"

나는 단호하게 말했어요.

"그리고 잊지 마. 마을 경계를 한번 넘어가면 절대 다시 돌아올 수 없어. 알렉산더, 집중해. 자, 여기 너희 둘이서 랭커셔에 있는 시장에 갈 수 있는 통행증이다. 잘 들어, 알렉산더. 경찰 아저씨에게 이 통행증을 얻기 위해 엄마가 얼마나 고생했는지 몰라!"

피글링 블랜드는 진지하게 들었지만 알렉산더는 여전히 정신이 없고 주의가 산만했어요.

나는 만약의 경우를 대비해 아기 돼지들의 조끼주머니에 통행증을 핀으로 고정시켜 주었답니다.

쁘띠토 아주머니는 피글링 블랜드와 알렉산더에게 작은 보따리를 각각 하나씩 챙겨 주었어요. 그리고 아이들이 지켜야 할 예의나 규칙을 적은 종이에 여덟 개의 박하사탕을 넣어 돌돌 말은 다음 건네주었지요.

형제는 길을 떠났어요.

피글링 블랜드와 알렉산더는 처음 1마일 정도를 빠른 걸음으로 부지런히 걸었답니다. 적어도 피글링 블랜드는 그랬어요. 알렉산더는 좌우로 뛰어다니느라 피글링 블랜드보다 적어도 1.5배는 많이 걸었지요. 알렉산더는 신이 나서 노래를 부르며 기뻐 뛰어다녔는데, 가끔 한 번씩 피글링 블랜드를 꼬집기도 했답니다.

"이 돼지는 시장에 가지, 이 돼지는 집에 있어. 이 돼지는 고기가 한 조각 있지…….

피글링, 엄마가 저녁으로 뭘 싸 줬는지 한번 볼까?"

피글링 블랜드와 알렉산더는 자리에 앉아서 보따리를 풀었어요.

알렉산더는 곧바로 저녁 도시락을 게걸스럽게 먹어 치웠어요. 이미 박하사탕을 모두 먹어 버린 뒤였지요.

"피글링 형, 사탕 하나만 줘."

"미안하지만 안 되겠어. 급할 때를 대비해서 남겨 둬야 해."

피글링이 주저하며 말했답니다.

알렉산더가 꽥꽥거리며 웃었어요. 그러고는 통행증을 고정시켜놓은 핀을 뽑아 피글링을 찔렀지요. 깜짝 놀란 피글링이 알렉산더를 세게 한 대 때렸어요. 그 바람에 핀이 떨어졌고, 피글링의 핀을 빼앗으려다가 통행증이 섞여 버렸답니다. 피글링은 알렉산더를 나무랐지요.

하지만 금세 화해를 하고, 함께 노래를 부르며 씩씩하게 걸어갔어요.

"톰, 토머스 씨네 아들 톰이 돼지를 훔쳤고, 그가 도망쳤네!"

"하지만 그가 연주할 수 있는 노래는 '언덕 너머 저 멀리'뿐이라네~!"

"그게 무슨 말인가, 젊은이? 돼지를 훔쳐? 자네들 통행증은 어디 있나?"

경찰 아저씨가 물었어요. 둘은 길모퉁이에서 경찰과 거의 부딪힐 뻔했지요. 피글링 블랜드는 자신의 통행증을 꺼냈고, 알렉산더는 더듬거리면서 꼬깃꼬깃한 무언가를 경찰에게 건넸답니다.

"박하사탕 70그램에 동전 세 개. 이게 뭐지? 이건 통행증이 아니잖아."

알렉산더의 코가 눈에 띄게 길어졌어요. 통행증을 잃어버렸거든요.

"저도 통행증을 갖고 있었어요. 진짜예요. 틀림없이 갖고 있었어요, 경찰 아저씨!"

"통행증 없이 시장에 가도록 허락할 수는 없구나. 마침 농장을 지나는 길이니 나와 함께 가자꾸나!"

"저도 농장으로 돌아가야 하나요?"

피글링 블랜드가 물었어요.

"그러지 않아도 된단다. 네 통행증에는 아무 이상이 없어."

피글링은 혼자 가기가 싫었어요. 공교롭게도 그때 부슬부슬 비가 내리기 시작했지요. 그렇지만 피글링은 경찰 아저씨와 다투는 건 바보 같은 짓이란 걸 알았어요. 하는 수 없이 알렉산더에게 박하사탕을 건네주고 그들이 차츰 멀어져 가는 모습을 멀뚱히 쳐다보고 있었지요.

뜨거운 차 한 잔 마실 시간이 지나 온몸이 축축하게 젖고 잔뜩 풀이 죽은 알렉산더는 느긋하게 걷는 경찰 아저씨의 뒤를 따라 농장으로 돌아왔어요. 나는 알렉산더를 이웃집으로 보냈지요. 그리고 그는 거기서 그런대로 잘 적응을 했답니다.

피글링 블랜드는 맥이 빠진 얼굴로 혼자 길을 걷고 있었어요. 계속 길을 가자 "시장이 서는 마을까지 8킬로미터", "언덕 너머까지 6킬로미터", "쁘띠토 농장까지 4킬로미터"라고 적혀 있는 이정표가 나타났답니다.

피글링 블랜드는 깜짝 놀랐어요. 이튿날 그곳에서 장이 설 예정인데, 아무래도 그날 중으로 도착하기 어려울 듯했기 때문이지요. 알렉산더의 바보 같은 행동 때문에 쓸데없이 낭비한 시간을 생각하니 무척 속이 상하고 화가 났지요.

피글링은 아쉬운 듯 언덕을 향해 뻗어 있는 길을 힐끗 바라본 뒤 다른 방향으로 묵묵히 걸어갔어요. 비를 막기 위해 코트 앞섶을 여몄지요. 그는 시장에 가고 싶은 마음이 사라졌어요.

사람들이 북적이는 시장에 혼자 우두커니 서 있는 자신을, 사람들이 얼굴을 빤히 쳐다보거나 서로를 거칠게 밀치는 장면을, 그리고 덩치 크고 약간 이상해 보이는 어느 농부에게 팔려 갈 일을 상상하자 끔찍한 생각이 들었어요.

"작고 아담한 정원에서 감자나 길렀으면 좋겠는데……."

피글링 블랜드가 코트 주머니에 차가운 손을 넣자 통행증이 만져졌어요. 다른 한 손을 반대쪽 주머니에 넣자 또 다른 종이가 손에 닿았지요.

"알렉산더의 통행증이다!"

피글링은 소리를 질렀어요. 그는 알렉산더와 경찰 아저씨를 따라잡게 되기를 바라며 미친 듯이 왔던 길로 되돌아 뛰었지요.

피글링은 그만 길을 잘못 들고 말았어요. 이후 당황한 그는 몇 번이나 더 길을 잘못 들었고, 결국 되돌아가는 길을 도저히 찾을 수 없게 되었답니다.

날은 시나브로 어두워지고, 바람이 쌩쌩 불었어요. 나무가 삐걱거리며 요란하게 신음소리를 냈지요.

잔뜩 겁을 먹은 피글링은 훌쩍훌쩍 울기 시작했어요.

"꿀꿀꿀! 집으로 가는 길을 잃어버렸어요!"

피글링은 한 시간 정도 정처 없이 헤매다가 숲속을 빠져나왔어요. 구름 사이로 달빛이 비치자 난생 처음 보는 마을이 눈에 들어왔지요.

들판을 가로지르는 길이 나 있고, 아래에는 달빛에 빛나는 강이 흐르는 커다란 골짜기가 흐르고 있었시요. 뒤편으로 어렴풋이 보이는 길을 따라 나지막한 언덕이 보였어요.

조그만 나무 헛간을 발견한 피글링은 조심스럽게 그 안으로 기어들어 갔어요.

'닭장이라 무섭긴 하지만, 어쩌겠어?'

피글링 블랜드는 온몸이 젖고 추위에 떠는 바람에 완전히 녹초가 되었어요.

"베이컨과 달걀이다, 베이컨과 달걀이야!"

횃대에 앉은 암탉이 꼬꼬댁거리며 소리쳤어요.

"덫, 덫 가져와, 덫. 꼬꼬댁, 꼬꼬!"

수면을 방해받은 수탉들도 소리를 쳤죠.

"시장으로, 시장으로! 지그 재그!"

피글링 블랜드 옆 횃대에 앉은 알을 품고 있던 암탉이 "꼬끼오!" 하고 울었어요. 깜짝 놀란 피글링 블랜드는 동이 트자마자 그곳을 떠나기로 결심했어요. 그 사이에 피글링과 암탉들은 모두 잠이 들었답니다.

한 시간도 지나지 않아 닭들이 전부 일어났어요. 주인인 피터 토머스 파이퍼슨 씨는 시장에 내다 팔 닭 여섯 마리를 잡기 위해 랜턴과 바구니를 들고 닭장으로 들어왔어요.

토머스 씨는 수탉 옆 횃대에 앉아 있는 흰 암탉을 잡고 나서 시선을 아래로 내려 살피다가 구석에 몸을 숨기고 있는 피글링 블랜드를 발견했어요. 그러고는 한마디 했죠.

"어라, 여기 또 다른 놈이 있었네!"

토머스 씨는 피글링의 꾀죄죄한 목덜미를 잡아 바구니에 집어 넣었어요. 뒤이어 발버둥치고 소리 지르는 지저분한 닭을 다섯 마리 더 잡아 바구니에 던져 넣었지요. 여섯 마리의 닭과 어린 돼지 한 마리가 들어 있는 바구니는 묵직했어요. 언덕을 내려가는 동안 내내 요란하게 덜컹거리며 흔들렸지요. 피글링은 닭들 때문에 몸 여기저기 긁혔지만 용케도 통행증과 박하사탕은 옷 안에 잘 숨겨 두었답니다.

바구니가 부엌 마루에 덜컥 소리를 내며 떨어졌어요. 뚜껑이 열리고 피글링은 밖으로 나왔답니다. 그는 눈을 깜빡이며 불쾌하고 늙고 못생긴 아저씨를 바라보았지요. 아저씨는 입이 귀에 걸렸어요.

"어쨌거나 이놈이 제 발로 걸어 들어왔구먼."

토머스 씨가 피글링의 주머니를 뒤졌어요. 그는 바구니를 구석에 박아 놓고, 포대를 집어 던져 암탉들을 조용히 시켰지요. 그런 다음 그는 주전자를 불 위에 올리고 신발 끈을 풀었답니다.

피글링은 등받이가 없는 의자가 있는 앞쪽으로 가서 의자 모서리에 앉아 수줍게 손을 녹였어요. 토머스 씨는 신발을 벗어 부엌 맨 끝의 벽으로 집어 던졌지요.

"시끄러워!"

어디선가 답답한 목소리가 들렸어요. 피글링은 손을 녹이며 아저씨를 쳐다봤답니다.

토머스 씨는 다른 쪽 부츠도 벗어서 같은 방향으로 집어 던졌어요. 그러자 다시 이상한 소리가 들렸지요.

"조용히 좀 해. 알겠어?"

피글링은 의자 구석에 앉아 있었어요.

피터 토머스 씨는 상자에서 곡식을 가져와 죽을 만들었어요. 부엌 한쪽 구석에 있던 피글링은 먹고 싶은 마음이 굴뚝같았지만 너무 배가 고파 요란하게 말썽을 일으킬 힘도 없었어요.

피터 토머스 씨는 세 개의 그릇에 죽을 담았어요. 하나는 자신이 먹을 것, 다른 하나는 피글링 것, 그리고 피글링을 쳐다보며 나머지 그릇 하나에 죽을 담은 다음 서둘러 남은 접시를 찬장에 집어넣고 문을 잠갔지요. 피글링은 조심스럽게 저녁 식사를 했답니다.

피터 토머스 씨는 식사를 마치고 달력을 찾아보며 피글링의 갈비를 만져 보았어요. 베이컨을 소금에 절이기에는 너무 늦은 시기였고, 날마다 먹이를 주며 키우자니 돈이 아깝다는 생각이 들었어요. 게다가 암탉들이 이 돼지를 이미 알고 있거든요.

그는 베이컨 한쪽의 옆구리 고기를 쳐다보다가 피글링을 쳐다보았어요.

"저 깔개 위에서 자거라."

피글링은 깊은 잠에 빠졌어요. 아침이 되자 날씨는 어제보다 한결 따뜻했죠. 토머스 씨는 더 많은 양의 죽을 만들었어요.

아저씨는 음식이 얼마나 있는지 상자를 확인하고는 탐탁지 않은 표정으로 이렇게 말했어요.

"또다시 다른 곳으로 갈 생각인 거니?"

피글링이 대답을 하기도 전 문에서 이웃이 암탉들을 들고 토머스 아저씨를 향해 휘파람을 불었어요. 토머스 아저씨는 바구니를 들고 허겁지겁 밖으로 뛰어나갔어요. 그러면서 그는 피글링에게 문을 닫고 아무 일도 하지 말고 조용히 있으라고 명령했어요.

"그렇지 않으면 돌아와서 네 가죽을 벗겨 버릴 거야!"

피글링은 자신도 데려가 달라고 부탁하면 제 시간에 시장에 도착할 수 있을지 모른다는 생각이 들었지만 피터 토머스 아저씨를 믿을 수 없었어요.

피글링은 느긋하게 아침 식사를 마치고 오두막을 둘러보았어요. 사방이 잠겨 있었죠.

피글링은 부엌 뒤쪽에 있는 양동이에서 감자 껍질을 발견했어요. 그는 그 껍질을 먹고 양동이에 죽 그릇을 넣은 다음 설거지를 했지요. 그는 설거지를 하는 동안 노래를 불렀어요.

"톰과 그의 피리가 소리를 낸다.

그는 모든 소녀와 소년을 불러내지.

모두들 그의 연주를 듣기 위해 달려온다네.

언덕 너머 저 멀리서!

갑자기 숨이 막힌 듯 조용한 목소리가 들리네.

언덕 너머 머나먼 곳에서

바람이 내 머리 위로 분다네."

피글링은 닦고 있던 접시를 내려놓고 귀를 쫑긋 세웠어요.

한참 동안 가만히 있다가 까치발로 걸어가 문 옆에 서서 부엌 앞쪽을 살펴보았어요. 하지만 거기엔 아무도 없었지요.

그러고는 또다시 가만히 있다가 잠겨 있는 찬장 문 앞으로 걸어가 열쇠 구멍으로 킁킁 냄새를 맡아 보았지만 아주 조용했어요.

피글링은 잠시 가만히 있다가 찬장 문 아래로 박하사탕을 밀어 넣었어요. 그러자 사탕은 순식간에 찬장 안으로 빨려 들어갔지요.

피글링은 남아 있던 박하사탕 여섯 개를 모두 찬장 안으로 밀어 넣었어요.

토머스 아저씨가 돌아왔을 때 피글링은 난로 앞에 앉아 있었어요. 그는 난로 주변을 깨끗이 청소한 다음 냄비에 물을 끓이고 있었지요. 한데 음식은 피글링의 손이 쉽게 닿을 수 없는 곳에 있었답니다.

토머스 아저씨는 무척 친절했고, 침이 마르도록 피글링을 칭찬했어요. 그런데 그는 죽을 많이 만들고는 음식 상자를 잠그는 걸 그만 깜빡했어요. 다행히 찬장 문은 잠갔지만 제대로 닫지 않은 채 잠갔지요. 아저씨는 일찍 잠자리에 들면서 무슨 일이 있어도 자신을 12시 이전에는 깨우지 말라고 했어요.

피글링은 난로 앞에 앉아서 저녁을 먹었어요.

그때 바로 옆에서 작은 목소리가 들렸어요.

"내 이름은 피그위그야. 나에게 죽 좀 더 주겠니?"

피글링은 벌떡 일어나 주변을 둘러봤어요.

무척 사랑스러운 까만색 버크셔 종 아기 돼지였어요. 그는 미소를 지으며 서 있었지요. 피그위그는 작고 반짝이는 눈을 깜빡이며 얼굴을 약간 찡그린 채 서 있었어요. 그는 이중 턱에 짤막한 들창코를 가졌지요. 그녀는 피글링의 접시를 가리켰고, 피글링은 허둥지둥 접시를 그녀에게 건넸어요. 그런 다음 음식 상자 쪽으로 다가갔지요.

"너는 어떻게 여기로 오게 된 거니?"

피글링이 물었어요.

“붙잡혀 왔어.”

피그위그는 입에 가득 음식을 문 채로 대답했어요. 피글링은 거리낌 없이 음식 상자에서 음식을 꺼내 배를 채웠어요.

“뭐 때문에?”

“베이컨이나 햄을 만들려고 그랬겠지.”

피그위그는 씩씩하게 대답했어요.

“그런데 왜 도망가지 않았어?”

겁에 질린 피글링이 소리쳤어요.

“저녁을 먹고 나서 도망칠 거야.”

피그위그는 결심이 선 듯 말했어요.

피글링 블랜드는 새로 죽을 끓이면서 수줍은 얼굴로 그녀를 바라보았어요.

그녀는 두 그릇을 다 비운 다음 떠나려는 듯 자리에서 일어났어요.

“밖이 너무 어두워서 지금은 못 가.”

피글링이 말했어요.

피그위그는 불안해 보였어요.

“날이 환하면 어떻게 가야 하는지 길을 알아?”

“강 건너 언덕에서 우리가 있는 작고 흰 집이 보인다는 건 알

아. 너는 어디로 가니?"

"나는 시장에 가야 해. 나에게 돼지 통행권이 두 장 있어. 너만 좋다면 다리까지 널 데려가 줄게."

피글링은 잠시 스툴에 앉아 혼란스러운 얼굴로 말했어요.

피그위그는 굉장히 고마워했지요. 그런 다음 그녀가 너무 많은 질문을 해대는 바람에 피글링은 조금 난감했답니다.

할 수 없이 그는 눈을 감고 자는 척할 수밖에 없었지요. 이내 피그위그는 조용해졌고, 집 안에서는 박하사탕 냄새가 났어요.

"나는 네가 박하사탕을 먹은 줄 알았어."

피글링은 갑자기 벌떡 일어나 말했어요.

"모서리만 조금 먹을게."

피그위그가 난로 옆에 앉아서 말했어요.

"나는 네가 그걸 안 먹었으면 좋겠어. 아저씨가 냄새를 맡을 수도 있거든."

피글링이 불안해하며 말했어요.

피그위그는 끈적거리는 박하사탕을 주머니에 넣고 피글링에게 노래를 불러 달라고 했어요.

"미안해! 이가 너무 아파서 못 부르겠어."

피글링이 당황스러워하며 말했어요.

“그럼 내가 부를게. 가사를 좀 잊어버려서 그러는데, 흥얼거려도 괜찮을까?”

피글링은 그러라고 하고는 눈을 반쯤 감고 앉아 그녀를 쳐다봤어요.

피그위그는 머리를 흔들거나 손뼉을 치면서, 그리고 꿀꿀거리며 노래를 불렀어요.

“괴짜 엄마 돼지가 돼지 우리에 살았다네.

그녀에게는 세 마리의 아기 돼지가 있었지.

(흥얼흥얼) 음, 음, 음! 그리고 아기 돼지들은 말했지. 꿀꿀!”

그녀는 서너 구절을 용케 잘 불렀는데, 각 구절을 시작할 때마다 고개를 아래로 까딱이고 반짝이는 작은 눈을 감았어요.

"세 마리 새끼 돼지들은 커 갈수록 점점 창백하고 야위어 갔다네. 어째서인지 그들은 음, 음, 음! 이라고 말할 수 없었고, 꿀, 꿀, 꿀 이라고도 하지 않았지. 어째서인지 그들은……."

피그위그는 머리를 점점 더 아래로 흔들다가 결국 몸이 공처럼 동그랗게 말렸어요. 그는 이내 난로 앞 깔개 위에서 잠이 들었지요.

피글링 블랜드는 까치발로 다가가 그녀에게 등받이 덮개 천을 덮어 주었어요.

그는 잠들기 무서워서 귀뚜라미가 우는 소리와 토머스 아저씨의 코 고는 소리를 들으며 밤을 지새웠어요.

어둠이 걷히고 해가 뜰 무렵의 이른 아침, 피글링은 자신의 작은 보따리를 싼 다음 피그위그를 깨웠어요. 그녀는 한편으로는 마음이 설레기도 하고 다른 한편으로는 두렵기도 했어요.

"근데 너무 어둡잖아! 길을 찾을 수 있을까?"

"수탉이 울었어. 암탉들이 나오기 전에 출발해야 해. 암탉들이 소리 질러 토머스 아저씨를 깨울지도 몰라."

피그위그는 다시 앉아 울기 시작했어요.

"어서 가자, 피그위그. 어둠에 눈이 익숙해지면 한결 잘 보일 거야. 어서! 닭들이 꼬꼬댁 우는 소리가 들려!"

피글링은 태어나서 지금까지 한 번도 암탉에게 좋은 말로 조용하라고 말한 적이 없었어요. 바구니 안에서는 말할 것도 없고요.

그는 조용히 문을 열고 밖으로 나온 다음 닫았어요. 정원이 없는 토머스 씨네 집 근처는 온통 날짐승들이 다녀간 흔적들뿐이었어요. 둘은 서로 손을 잡고 지저분한 들판을 가로질러 도로로 올라간 다음 그곳을 빠져나왔어요.

"톰, 토머스 씨 네 아들 톰이 돼지를 훔쳤고, 그가 도망쳤네!"

"하지만 그가 연주할 수 있는 노래는 '언덕 너머 저 멀리'뿐이라네~!"

"피그위그 서둘러. 사람들이 다니기 전에 다리까지 가야 해."

"그런데 넌 왜 시장에 가는 거니?"

피그위그가 물었어요.

둘이 벌판을 가로질러 가는 동안 해가 떴고, 언덕 위로 눈부신 햇살이 비췄어요. 햇빛이 비탈을 타고 정원들과 과수원들 사이에 둘러싸여 있는 흰 오두막집이 있는 평화로운 푸른 골짜기까지 내

려왔지요.

"저기가 웨스트모어랜드(잉글랜드 북서부의 옛 주-옮긴이)야."

피그위그가 말했어요.

그녀는 피글링의 손을 놓고 춤을 추기 시작했어요.

"나는 일자리를 구하고 싶지 않아. 감자를 키우고 싶어."

"박하사탕 먹을래?"

피그위그가 말했어요. 그러나 피글링 블랜드는 뾰루퉁한 얼굴로 거절했어요.

"네 약한 이빨은 지금도 아프니?"

피그위그가 물었어요. 피글링은 툴툴거렸지요.

피그위그는 박하사탕을 먹고 길 건너편을 따라 걸었어요.

"피그위그! 벽 아래에 가만히 있어! 저기 밭을 일구는 사람이 있어."

피그위그는 길을 건넜고, 둘은 주 경계선을 향해 언덕을 내려갔어요.

갑자기 피글링이 멈춰 섰어요. 그리고 바퀴 소리를 들었지요.

"박하사탕 뱉어, 피그위그. 우리 곧 뛰어야 할지도 몰라. 아무 말도 하지 마. 내가 알아서 할 테니까. 다리가 보이기 시작한다!"

불쌍한 피글링이 울상이 되어 말했어요. 그는 피그위그의 팔을 잡고 심하게 절뚝거리기 시작했지요.

식료품 장수는 신문을 읽는 데 완전 정신이 팔렸어요. 그의 말이 주춤거리고 힝힝거리지 않았다면 그냥 지나쳤을지도 모르니까요.

그는 교차로에 마차를 세우고 채찍을 내려놓았어요.

"안녕하세요? 어디 가는 길입니까?"

피글링 블랜드가 멍하니 그를 바라보았어요.

"귀가 안 들리나요? 시장에 가십니까?"

피글링이 천천히 고개를 끄덕였어요.

"그럴 줄 알았어요. 장은 어제 열렸습니다. 통행권 좀 보여 주시겠어요?"

피글링은 식료품 장수가 끄는 말의 빠진 뒷발굽을 쳐다봤어요. 빠진 말발굽 위에는 돌이 있었지요.

식료품 장수가 채찍을 가볍게 치면서 이렇게 말했어요.

"증명서? 돼지 통행증?"

피글링은 주머니 속을 더듬거려 증명서를 찾아 건넸어요.

식료품 장수는 통행증을 확인했지만 여전히 탐탁지 않은 표정이었어요.

"여기 있는 이 숙녀 돼지는 이름이 알렉산더인가요?"

피그위그는 입을 벌렸다가 다시 다물었고, 피글링은 천식인 것처럼 기침을 했어요.

식료품 장수는 신문 광고란을 손가락으로 가리키며,

"분실, 도난 물품 및 길을 잃은 동물에 대한 포상금 10실링."

그는 피그위그를 의심스러운 눈으로 쳐다보았어요. 그러고는 마차의 짐들 사이에서 일어나 휘파람으로 쟁기질하는 사람을 불렀지요.

"저 사람과 이야기하고 올 테니 당신들은 여기서 기다려요"라고 그는 고삐를 잡으며 말했어요. 그는 돼지들이 약삭빠른 것을 알고 있었어요. 하지만 다리를 저렇게 심하게 절뚝거리는 돼지라면 절대로 뛸 수는 없을 거라고 확신했지요.

"아직 아니야, 피그위그. 뒤돌아볼 거야."

식료품 장수는 피글링의 말처럼 뒤를 돌아보았어요. 그는 돼지들이 꼼짝도 하지 않고 길 한가운데 서 있는 것을 확인했어요. 그러고는 말의 말발굽을 훑어보았지요. 말도 절뚝거렸는데, 말발굽에 있는 돌은 쟁기질하는 사람을 만나러 가고 나서야 빠졌어요.

"지금이야, 피그위그. 지금이야!"

피글링이 말했어요.

두 돼지는 그 어떤 돼지들보다 더 빨리 달렸어요. 그들은 다리를 향해 끽끽 소리를 지르며 전속력으로 길고 하얀 언덕을 달려 내려갔지요. 작고 통통한 피그위그의 속치마가 펄럭거렸고, 발은 마치 점프를 하는 것처럼 '후다닥' 소리가 났답니다.

피그위그와 피글링은 달리고 또 달려서 언덕을 내려와 자갈과 수풀 사이의 평평한 잔디밭 수준의 지름길을 지나 강에 도착했어요. 그리고 곧 다리에 도착했지요. 그들은 서로 손을 잡고 다리를 건넜고, 피그위그는 언덕 너머 저 멀리에서 피글링 블랜드와 함께 춤을 췄습니다.

Beatrix Potter

The Original Text

The Tale Of Squirrel Nutkin / The Tale of Timmy Tiptoes
The Tale Of Mrs. Tittlemouse / The Tale of Johnny Town-Mouse
The Tale of Two Bad Mice / The Tale Of Mrs. Tiggy-Winkle
The Tale Of Little Pig Robinson / The Tale of Pigling Bland

The Tale Of Squirrel Nutkin

다람쥐 넛킨 이야기

This is a Tale about a tail—a tail that belonged to a little red squirrel, and his name was Nutkin.

He had a brother called Twinkleberry, and a great many cousins: they lived in a wood at the edge of a lake.

In the middle of the lake there is an island covered with trees and nut bushes; and amongst those trees stands a hollow oak-tree, which is the house of an owl who is called Old Brown.

One autumn when the nuts were ripe, and the leaves on the hazel bushes were golden and green—Nutkin and Twinkleberry and all the other little squirrels came out of the wood, and down to the edge of the lake.

They made little rafts out of twigs, and they paddled away over the water to Owl Island to gather nuts.

Each squirrel had a little sack and a large oar, and spread out his tail for a sail.

They also took with them an offering of three fat mice as a present for Old Brown, and put them down upon his door-step.

Then Twinkleberry and the other little squirrels each made a low bow, and said politely—.

"Old Mr. Brown, will you favour us with permission to gather nuts upon your island?"

But Nutkin was excessively impertinent in his manners. He bobbed up and down like a little red cherry, singing—.

"Riddle me, riddle me, rot-tot-tote! A little wee man, in a red red coat! A staff in his hand, and a stone in his throat; If you'll tell me this riddle, I'll give you a groat."

Now this riddle is as old as the hills; Mr. Brown paid no attention whatever to Nutkin.

He shut his eyes obstinately and went to sleep.

The squirrels filled their little sacks with nuts, and sailed away home in the evening.

But next morning they all came back again to Owl Island; and Twinkleberry and the others brought a fine fat mole, and laid it on the stone in front of Old Brown's doorway, and said—.

"Mr. Brown, will you favour us with your gracious permission to gather some more nuts?"

But Nutkin, who had no respect, began to dance up and down, tickling old Mr. Brown with a nettle and singing—.

"Old Mr. B! Riddle-me-ree! Hitty Pitty within the wall, Hitty Pitty without the wall; If you touch Hitty Pitty, Hitty Pitty will bite you!"

Mr. Brown woke up suddenly and carried the mole into his house.

He shut the door in Nutkin's face. Presently a little thread of blue smoke from a wood fire came up from the top of the tree, and

Nutkin peeped through the key-hole and sang—.

"A house full, a hole full! And you cannot gather a bowl-full!"

The squirrels searched for nuts all over the island and filled their little sacks.

But Nutkin gathered oak-apples—yellow and scarlet—and sat upon a beech-stump playing marbles, and watching the door of old Mr. Brown.

On the third day the squirrels got up very early and went fishing; they caught seven fat minnows as a present for Old Brown.

They paddled over the lake and landed under a crooked chestnut tree on Owl Island.

Twinkleberry and six other little squirrels each carried a fat minnow; but Nutkin, who had no nice manners, brought no present at all. He ran in front, singing—.

"The man in the wilderness said to me, 'How many strawberries grow in the sea?' I answered him as I thought good—'As many red herrings as grow in the wood.'"

But old Mr. Brown took no interest in riddles—not even when the answer was provided for him.

On the fourth day the squirrels brought a present of six fat beetles, which were as good as plums in plum-pudding for Old Brown. Each beetle was wrapped up carefully in a dock-leaf, fastened with a pine-needle pin.

But Nutkin sang as rudely as ever—.

"Old Mr. B! riddle-me-ree Flour of England, fruit of Spain, Met together in a shower of rain; Put in a bag tied round with a string, If you'll tell me this riddle, I'll give you a ring!"

Which was ridiculous of Nutkin, because he had not got any ring to give to Old Brown.

The other squirrels hunted up and down the nut bushes; but Nutkin gathered robin's pincushions off a briar bush, and stuck them full of pine-needle pins.

On the fifth day the squirrels brought a present of wild honey; it was so sweet and sticky that they licked their fingers as they put it down upon the stone. They had stolen it out of a bumble bees' nest on the tippitty top of the hill.

But Nutkin skipped up and down, singing—.

"Hum-a-bum! buzz! buzz! Hum-a-bum buzz! As I went over Tipple-tine I met a flock of bonny swine; Some yellow-nacked, some yellow backed! They were the very bonniest swine That e'er went over Tipple-tine."

Old Mr. Brown turned up his eyes in disgust at the impertinence of Nutkin.

But he ate up the honey!

The squirrels filled their little sacks with nuts.

But Nutkin sat upon a big flat rock, and played ninepins with a crab apple and green fir-cones.

On the sixth day, which was Saturday, the squirrels came again for the last time; they brought a new-laid egg in a little rush basket as a last parting present for Old Brown.

But Nutkin ran in front laughing, and shouting—.

"Humpty Dumpty lies in the beck, With a white counterpane round his neck, Forty doctors and forty wrights, Cannot put Humpty Dumpty to rights!"

Now old Mr. Brown took an interest in eggs; he opened one eye and shut it again. But still he did not speak.

Nutkin became more and more impertinent—.

"Old Mr. B! Old Mr. B! Hickamore, Hackamore, on the King's kitchen door; All the King's horses, and all the King's men, Couldn't drive Hickamore, Hackamore, Off the King's kitchen door."

Nutkin danced up and down like a sunbeam; but still Old Brown said nothing at all.

Nutkin began again—.

"Arthur O'Bower has broken his band, He comes roaring up the land! The King of Scots with all his power, Cannot turn Arthur of the Bower!"

Nutkin made a whirring noise to sound like the wind, and he took a running jump right onto the head of Old Brown!

Then all at once there was a flutterment and a scufflement and a loud "Squeak!"

The other squirrels scuttered away into the bushes.

When they came back very cautiously, peeping round the tree—there was Old Brown sitting on his door-step, quite still, with his eyes closed, as if nothing had happened.

But Nutkin was in his waistcoat pocket!

This looks like the end of the story; but it isn't.

Old Brown carried Nutkin into his house, and held him up by the tail, intending to skin him; but Nutkin pulled so very hard that his tail broke in two, and he dashed up the staircase and escaped out of the attic window.

And to this day, if you meet Nutkin up a tree and ask him a riddle, he will throw sticks at you, and stamp his feet and scold, and shout—.

"Cuck-cuck-cuck-cur-r-r-cuck-k-k!"

The Tale of Timmy Tiptoes

티미 팁토스 이야기

Once upon a time there was a little fat comfortable grey squirrel, called Timmy Tiptoes. He had a nest thatched with leaves in the top of a tall tree; and he had a little squirrel wife called Good

Timmy Tiptoes sat out, enjoying the breeze; he whisked his tail and chuckled—. "Little wife Goody, the nuts are ripe; we must lay up a store for winter and spring." Goody Tiptoes was busy pushing moss under the thatch—"The nest is so snug, we shall be sound asleep all winter." "Then we shall wake up all the thinner, when there is nothing to eat in spring-time," replied prudent Timothy.

When Timmy and Goody Tiptoes came to the nut thicket, they found other squirrels were there already.

Timmy took off his jacket and hung it on a twig; they worked away quietly by themselves.

Every day they made several journeys and picked quantities of nuts. They carried them away in bags, and stored them in several hollow stumps near the tree where they had built their nest.

When these stumps were full, they began to empty the bags into a hole high up a tree, that had belonged to a wood-pecker; the nuts rattled down—down—down inside.

"How shall you ever get them out again? It is like a money-box!" said Goody.

"I shall be much thinner before spring-time, my love," said Timmy Tiptoes, peeping into the hole.

They did collect quantities—because they did not lose them! Squirrels who bury their nuts in the ground lose more than half, because they cannot remember the place.

The most forgetful squirrel in the wood was called Silvertail. He began to dig, and he could not remember. And then he dug again and found some nuts that did not belong to him; and there was a fight. And other squirrels began to dig, —the whole wood was in commotion!

Unfortunately, just at this time a flock of little birds flew by, from bush to bush, searching for green caterpillars and spiders. There were several sorts of little birds, twittering different songs.

The first one sang—"Who's bin digging-up my nuts? Who's-been-digging-up my nuts?"

And another sang—"Little bita bread and-no-cheese! Little bit-a-bread an'-no-cheese!"

The squirrels followed and listened. The first little bird flew into the bush where Timmy and Goody Tiptoes were quietly tying up their bags, and it sang—"Who's-bin digging-up my nuts? Who's been digging-up my-nuts?"

Timmy Tiptoes went on with his work without replying; indeed, the little bird did not expect an answer. It was only singing its natural song, and it meant nothing at all.

But when the other squirrels heard that song, they rushed upon Timmy Tiptoes and cuffed and scratched him, and upset his bag of nuts. The innocent little bird which had caused all the mischief, flew away in a fright!

Timmy rolled over and over, and then turned tail and fled towards his nest, followed by a crowd of squirrels shouting—

"Who's-been digging-up my-nuts?"

They caught him and dragged him up the very same tree, where there was the little round hole, and they pushed him in. The hole was much too small for Timmy Tiptoes' figure. They squeezed him dreadfully, it was a wonder they did not break his ribs. "We will leave him here till he confesses," said Silvertail Squirrel, and he shouted into the hole—.

"Who's-been-digging-up my-nuts?"

Timmy Tiptoes made no reply; he had tumbled down inside the tree, upon half a peck of nuts belonging to himself. He lay quite stunned and still.

Goody Tiptoes picked up the nut bags and went home. She made a cup of tea for Timmy; but he didn't come and didn't come.

Goody Tiptoes passed a lonely and unhappy night. Next morning she ventured back to the nut-bushes to look for him; but the other unkind squirrels drove her away.

She wandered all over the wood, calling—.

"Timmy Tiptoes! Timmy Tiptoes! Oh, where is Timmy Tiptoes?"

In the meantime Timmy Tiptoes came to his senses. He found himself tucked up in a little moss bed, very much in the dark, feeling sore; it seemed to be under ground. Timmy coughed and groaned, because his ribs hurted him. There was a chirpy noise, and a small striped Chipmunk appeared with a night light, and hoped he felt better?

It was most kind to Timmy Tiptoes; it lent him its night-cap; and the house was full of provisions.

The Chipmunk explained that it had rained nuts through the top of the tree—"Besides, I found a few buried!" It laughed and chuckled when it heard Timmy's story. While Timmy was confined to bed, it 'ticed him to eat quantities—"But how shall I ever get out through that hole unless I thin myself? My wife will be anxious!" "Just another nut—or two nuts; let me crack them for you," said the Chipmunk. Timmy Tiptoes grew fatter and fatter!

Now Goody Tiptoes had set to work again by herself. She did not put any more nuts into the woodpecker's hole, because she had always doubted how they could be got out again. She hid them under a tree root; they rattled down, down, down. Once when Goody emptied an extra big bagful, there was a decided squeak; and next time Goody brought another bagful, a little striped Chipmunk scrambled out in a hurry.

"It is getting perfectly full-up down-stairs; the sitting-room is full, and they are rolling along the passage; and my husband, Chippy Hackee, has run away and left me. What is the explanation of these showers of nuts?"

"I am sure I beg your pardon; I did not know that anybody lived here," said Mrs. Goody Tiptoes; "but where is Chippy Hackee? My husband, Timmy Tiptoes, has run away too." "I know where

Chippy is; a little bird told me," said Mrs. Chippy Hackee.

She led the way to the woodpecker's tree, and they listened at the hole.

Down below there was a noise of nut crackers, and a fat squirrel voice and a thin squirrel voice were singing together—.

"My little old man and I fell out, How shall we bring this matter about? Bring it about as well as you can, And get you gone, you little old man!"

"You could squeeze in, through that little round hole," said Goody Tiptoes. "Yes, I could," said the Chipmunk, "but my husband, Chippy Hackee, bites!"

Down below there was a noise of cracking nuts and nibbling; and then the fat squirrel voice and the thin squirrel voice sang—.

"For the diddlum day Day diddle dum di! Day diddle diddle dum day!"

Then Goody peeped in at the hole, and called down—"Timmy Tiptoes! Oh fie, Timmy Tiptoes!" And Timmy replied, "Is that you, Goody Tiptoes? Why, certainly!"

He came up and kissed Goody through the hole; but he was so fat that he could not get out.

Chippy Hackee was not too fat, but he did not want to come; he stayed down below and chuckled.

And so it went on for a fortnight; till a big wind blew off the top of the tree, and opened up the hole and let in the rain.

Then Timmy Tiptoes came out, and went home with an umbrella.

But Chippy Hackee continued to camp out for another week,

although it was uncomfortable.

At last a large bear came walking through the wood. Perhaps he also was looking for nuts; he seemed to be sniffing around.

Chippy Hackee went home in a hurry!

And when Chippy Hackee got home, he found he had caught a cold in his head; and he was more uncomfortable still.

And now Timmy and Goody Tiptoes keep their nut-store fastened up with a little padlock.

And whenever that little bird sees the Chipmunks, he sings—. "Who's-been-digging-up my-nuts? Who's been digging-up my-nuts?" But nobody ever answers!

The Tale Of Mrs. Tittlemouse

티틀마우스 부인 이야기

Once upon a time there was a wood-mouse, and her name was Mrs. Tittlemouse.

She lived in a bank under a hedge.

Such a funny house! There were yards and yards of sandy passages, leading to storerooms and nut-cellars and seed-cellars, all amongst the roots of the hedge.

There was a kitchen, a parlour, a pantry, and a larder.

Also, there was Mrs. Tittlemouse's bedroom, where she slept in a little box bed!

Mrs. tittlemouse was a most terribly tidy particular little mouse, always sweeping and dusting the soft sandy floors.

Sometimes a beetle lost its way in the passages.

"Shuh! shuh! little dirty feet!" said Mrs. Tittlemouse, clattering her dust-pan.

And one day a little old woman ran up and down in a red spotty cloak.

"Your house is on fire, Mother Ladybird! Fly away home to your children!"

Another day, a big fat spider came in to shelter from the rain.

"Beg pardon, is this not Miss Muffet's?"

"Go away, you bold bad spider! Leaving ends of cobweb all over my nice clean house!"

She bundled the spider out at a window.

He let himself down the hedge with a long thin bit of string.

Mrs. tittlemouse went on her way to a distant storeroom, to fetch cherry-stones and thistle-down seed for dinner.

All along the passage she sniffed, and looked at the floor.

"I smell a smell of honey; is it the cowslips outside, in the hedge? I am sure I can see the marks of little dirty feet."

Suddenly round a corner, she met Babbitty Bumble—"Zizz, Bizz, Bizzz!" said the bumble bee.

Mrs. Tittlemouse looked at her severely. She wished that she had a broom.

"Good-day, Babbitty Bumble; I should be glad to buy some beeswax. But what are you doing down here? Why do you always come in at a window, and say Zizz, Bizz, Bizzz?" Mrs. Tittlemouse began to get cross.

"Zizz, Wizz, Wizzz!" replied Babbitty Bumble in a peevish squeak. She sidled down a passage, and disappeared into a storeroom which had been used for acorns.

Mrs. Tittlemouse had eaten the acorns before Christmas; the storeroom ought to have been empty.

But it was full of untidy dry moss.

Mrs. tittlemouse began to pull out the moss. Three or four other bees put their heads out, and buzzed fiercely.

"I am not in the habit of letting lodgings; this is an intrusion!" said Mrs. Tittlemouse. "I will have them turned out—." "Buzz! Buzz! Buzzz!"—"I wonder who would help me?" "Bizz, Wizz, Wizzz!"

—"I will not have Mr. Jackson; he never wipes his feet."

Mrs. tittlemouse decided to leave the bees till after dinner.

When she got back to the parlour, she heard some one coughing in a fat voice; and there sat Mr. Jackson himself!

He was sitting all over a small rocking-chair, twiddling his thumbs and smiling, with his feet on the fender.

He lived in a drain below the hedge, in a very dirty wet ditch.

"How do you do, Mr. Jackson? Deary me, you have got very wet!"

"Thank you, thank you, thank you, Mrs. Tittlemouse! I'll sit awhile and dry myself," said Mr. Jackson.

He sat and smiled, and the water dripped off his coat tails. Mrs. Tittlemouse went round with a mop.

He sat such a while that he had to be asked if he would take some dinner?

First she offered him cherry-stones. "Thank you, thank you, Mrs. Tittlemouse! No teeth, no teeth, no teeth!" said Mr. Jackson.

He opened his mouth most unnecessarily wide; he certainly had not a tooth in his head.

Then she offered him thistle-down seed—"Tiddly, widdly, widdly! Pouff, pouff, puff!" said Mr. Jackson. He blew the thistle-down all over the room.

"Thank you, thank you, thank you, Mrs. Tittlemouse! Now

what I really—really should like—would be a little dish of honey!"

"I am afraid I have not got any, Mr. Jackson," said Mrs. Tittlemouse.

"Tiddly, widdly, widdly, Mrs. Tittlemouse!" said the smiling Mr. Jackson, "I can smell it; that is why I came to call."

Mr. Jackson rose ponderously from the table, and began to look into the cupboards.

Mrs. Tittlemouse followed him with a dish-cloth, to wipe his large wet footmarks off the parlour floor.

When he had convinced himself that there was no honey in the cupboards, he began to walk down the passage.

"Indeed, indeed, you will stick fast, Mr. Jackson!"

"Tiddly, widdly, widdly, Mrs. Tittlemouse!"

First he squeezed into the pantry.

"Tiddly, widdly, widdly? no honey? no honey, Mrs. Tittlemouse?"

There were three creepy-crawly people hiding in the plate-rack. Two of them got away; but the littlest one he caught.

Then he squeezed into the larder. Miss Butterfly was tasting the sugar; but she flew away out of the window.

"Tiddly, widdly, widdly, Mrs. Tittlemouse; you seem to have plenty of visitors!"

"And without any invitation!" said Mrs. Thomasina Tittlemouse.

They went along the sandy passage—.

"Tiddly widdly—." "Buzz! Wizz! Wizz!"

He met Babbitty round a corner, and snapped her up, and put her down again.

"I do not like bumble bees. They are all over bristles," said Mr. Jackson, wiping his mouth with his coat-sleeve.

"Get out, you nasty old toad!" shrieked Babbitty Bumble.

"I shall go distracted!" scolded Mrs. Tittlemouse.

She shut herself up in the nut-cellar while Mr. Jackson pulled out the bees-nest. He seemed to have no objection to stings.

When Mrs. Tittlemouse ventured to come out—everybody had gone away.

But the untidiness was something dreadful—"Never did I see such a mess—smears of honey; and moss, and thistledown—and marks of big and little dirty feet—all over my nice clean house!"

She gathered up the moss and the remains of the beeswax.

Then she went out and fetched some twigs, to partly close up the front door.

"I will make it too small for Mr. Jackson!"

She fetched soft soap, and flannel, and a new scrubbing brush from the storeroom. But she was too tired to do any more. First she fell asleep in her chair, and then she went to bed.

"Will it ever be tidy again?" said poor Mrs. Tittlemouse.

Next morning she got up very early and began a spring cleaning which lasted a fortnight.

She swept, and scrubbed, and dusted; and she rubbed up the furniture with beeswax, and polished her little tin spoons.

When it was all beautifully neat and clean, she gave a party to five other little mice, without Mr. Jackson.

He smelt the party and came up the bank, but he could not squeeze in at the door.

So they handed him out acorn-cupfuls of honey-dew through the window, and he was not at all offended.

He sat outside in the sun, and said—"Tiddly, widdly, widdly! Your very good health, Mrs. Tittlemouse!"

The Tale of Johnny Town-Mouse

도시 쥐 시골 쥐 이야기

Johnny Town-mouse was born in a cupboard. Timmy Willie was born in a garden. Timmy Willie was a little country mouse who went to town by mistake in a hamper. The gardener sent vegetables to town once a week by carrier; he packed them in a big hamper.

The gardener left the hamper by the garden gate, so that the carrier could pick it up when he passed. Timmy Willie crept in through a hole in the wicker-work, and after eating some peas—Timmy Willie fell fast asleep.

He awoke in a fright, while the hamper was being lifted into the carrier's cart. Then there was a jolting, and a clattering of horse's feet; other packages were thrown in; for miles and miles—jolt—jolt—jolt! and Timmy Willie trembled amongst the jumbled up vegetables.

At last the cart stopped at a house, where the hamper was taken out, carried in, and set down. The cook gave the carrier sixpence; the back door banged, and the cart rumbled away. But there was no quiet; there seemed to be hundreds of carts passing. Dogs barked; boys whistled in the street; the cook laughed, the parlour maid ran up and down-stairs; and a canary sang like a steam engine.

Timmy Willie, who had lived all his life in a garden, was almost frightened to death. Presently the cook opened the hamper and began to unpack the vegetables. Out sprang the terrified Timmy Willie.

Up jumped the cook on a chair, exclaiming "A mouse! a mouse! Call the cat! Fetch me the poker, Sarah!" Timmy Willie did not wait for Sarah with the poker; he rushed along the skirting board till he came to a little hole, and in he popped.

He dropped half a foot, and crashed into the middle of a mouse dinner party, breaking three glasses. "Who in the world is this?" inquired Johnny Town-mouse. But after the first exclamation of surprise he instantly recovered his manners.

With the utmost politeness he introduced Timmy Willie to nine other mice, all with long tails and white neckties. Timmy Willie's own tail was insignificant. Johnny Town-mouse and his friends noticed it; but they were too well bred to make personal remarks; only one of them asked Timmy Willie if he had ever been in a trap?

The dinner was of eight courses; not much of anything, but truly elegant. All the dishes were unknown to Timmy Willie, who would have been a little afraid of tasting them; only he was very hungry, and very anxious to behave with company manners. The continual noise upstairs made him so nervous, that he dropped a plate. "Never mind, they don't belong to us," said Johnny.

"Why don't those youngsters come back with the dessert?" It should be explained that two young mice, who were waiting on the others, went skirmishing upstairs to the kitchen between courses. Several times they had come tumbling in, squeaking and laughing; Timmy Willie learnt with horror that they were being chased by the cat. His appetite failed, he felt faint. "Try some jelly?" said Johnny Town-mouse.

"No? Would you rather go to bed? I will show you a most comfortable sofa pillow."

The sofa pillow had a hole in it. Johnny Town-mouse quite honestly recommended it as the best bed, kept exclusively for visitors. But the sofa smelt of cat. Timmy Willie preferred to spend a miserable night under the fender.

It was just the same next day. An excellent breakfast was provided—for mice accustomed to eat bacon; but Timmy Willie had been reared on roots and salad. Johnny Town-mouse and his friends racketted about under the floors, and came boldly out all over the house in the evening. One particularly loud crash had been caused by Sarah tumbling downstairs with the tea-tray; there were crumbs and sugar and smears of jam to be collected, in spite of the cat.

Timmy Willie longed to be at home in his peaceful nest in a sunny bank. The food disagreed with him; the noise prevented him from sleeping. In a few days he grew so thin that Johnny Town-mouse noticed it, and questioned him. He listened to Timmy Willie's story and inquired about the garden. "It sounds rather a dull place? What do you do when it rains?"

"When it rains, I sit in my little sandy burrow and shell corn and seeds from my Autumn store. I peep out at the throstles and blackbirds on the lawn, and my friend Cock Robin. And when the sun comes out again, you should see my garden and the flowers—roses and pinks and pansies—no noise except the birds and bees, and the lambs in the meadows."

"There goes that cat again!" exclaimed Johnny Town-mouse. When they had taken refuge in the coal-cellar he resumed the conversation; "I confess I am a little disappointed; we have endeavoured to entertain you, Timothy William."

"Oh yes, yes, you have been most kind; but I do feel so ill," said Timmy Willie.

"It may be that your teeth and digestion are unaccustomed to our food; perhaps it might be wiser for you to return in the hamper."

"Oh? Oh!" cried Timmy Willie.

"Why of course for the matter of that we could have sent you back last week," said Johnny rather huffily—"did you not know that the hamper goes back empty on Saturdays?"

So Timmy Willie said good-bye to his new friends, and hid in the hamper with a crumb of cake and a withered cabbage leaf; and after much jolting, he was set down safely in his own garden.

Sometimes on Saturdays he went to look at the hamper lying by the gate, but he knew better than to get in again. And nobody got out, though Johnny Town-mouse had half promised a visit.

The winter passed; the sun came out again; Timmy Willie sat by his burrow warming his little fur coat and sniffing the smell of violets and spring grass. He had nearly forgotten his visit to town. When up the sandy path all spick and span with a brown leather bag came Johnny Town-mouse!

Timmy Willie received him with open arms. "You have come at the best of all the year, we will have herb pudding and sit in the sun."

"H'm'm! it is a little damp," said Johnny Town-mouse, who was carrying his tail under his arm, out of the mud.

"What is that fearful noise?" he started violently.

"That?" said Timmy Willie, "that is only a cow; I will beg a little milk, they are quite harmless, unless they happen to lie down upon you. How are all our friends?"

Johnny's account was rather middling. He explained why he was paying his visit so early in the season; the family had gone to the sea-side for Easter; the cook was doing spring cleaning, on board wages, with particular instructions to clear out the mice. There were four kittens, and the cat had killed the canary.

"They say we did it; but I know better," said Johnny Town-mouse. "Whatever is that fearful racket?"

"That is only the lawn-mower; I will fetch some of the grass clippings presently to make your bed. I am sure you had better settle in the country, Johnny."

"H'm'm—we shall see by Tuesday week; the hamper is stopped while they are at the sea-side."

"I am sure you will never want to live in town again," said Timmy Willie.

But he did. He went back in the very next hamper of vegetables; he said it was too quiet!!

One place suits one person, another place suits another person. For my part I prefer to live in the country, like Timmy Willie.

The Tale of Two Bad Mice

나쁜 쥐 두 마리 이야기

ONCE upon a time there was a very beautiful doll's-house; it was red brick with white windows, and it had real muslin curtains and a front door and a chimney.

IT belonged to two Dolls called Lucinda and Jane; at least it belonged to Lucinda, but she never ordered meals.

Jane was the Cook; but she never did any cooking, because the dinner had been bought ready-made, in a box full of shavings.

THERE were two red lobsters and a ham, a fish, a pudding, and some pears and oranges.

They would not come off the plates, but they were extremely beautiful.

ONE morning Lucinda and Jane had gone out for a drive in the doll's perambulator. There was no one in the nursery, and it was very quiet. Presently there was a little scuffling, scratching noise in a corner near the fire-place, where there was a hole under the skirting-board.

Tom Thumb put out his head for a moment, and then popped it in again.

Tom Thumb was a mouse.

A MINUTE afterwards, Hunca Munca, his wife, put her head out, too; and when she saw that there was no one in the nursery, she ventured out on the oilcloth under the coal-box.

THE doll's-house stood at the other side of the fire-place. Tom Thumb and Hunca Munca went cautiously across the hearthrug. They pushed the front door—it was not fast.

TOM THUMB and Hunca Munca went upstairs and peeped into the dining-room. Then they squeaked with joy!

Such a lovely dinner was laid out upon the table! There were tin spoons, and lead knives and forks, and two dolly-chairs—all so convenient!

TOM THUMB set to work at once to carve the ham. It was a beautiful shiny yellow, streaked with red.

The knife crumpled up and hurt him; he put his finger in his mouth.

"It is not boiled enough; it is hard. You have a try, Hunca Munca."

HUNCA MUNCA stood up in her chair, and chopped at the ham with another lead knife.

"It's as hard as the hams at the cheesemonger's," said Hunca Munca.

THE ham broke off the plate with a jerk, and rolled under the table.

"Let it alone," said Tom Thumb; "give me some fish, Hunca Munca!"

HUNCA MUNCA tried every tin spoon in turn; the fish was

glued to the dish.

Then Tom Thumb lost his temper. He put the ham in the middle of the floor, and hit it with the tongs and with the shovel—bang, bang, smash, smash!

The ham flew all into pieces, for underneath the shiny paint it was made of nothing but plaster!

THEN there was no end to the rage and disappointment of Tom Thumb and Hunca Munca. They broke up the pudding, the lobsters, the pears and the oranges.

As the fish would not come off the plate, they put it into the red-hot crinkly paper fire in the kitchen; but it would not burn either.

TOM THUMB went up the kitchen chimney and looked out at the top—there was no soot.

WHILE Tom Thumb was up the chimney, Hunca Munca had another disappointment. She found some tiny canisters upon the dresser, labelled—Rice—Coffee—Sago—but when she turned them upside down, there was nothing inside except red and blue beads.

THEN those mice set to work to do all the mischief they could—especially Tom Thumb! He took Jane's clothes out of the chest of drawers in her bedroom, and he threw them out of the top floor window.

But Hunca Munca had a frugal mind. After pulling half the feathers out of Lucinda's bolster, she remembered that she herself was in want of a feather bed.

WITH Tom Thumb's assistance she carried the bolster downstairs, and across the hearth-rug. It was difficult to squeeze the bolster into the mouse-hole; but they managed it somehow.

THEN Hunca Munca went back and fetched a chair, a book-case, a bird-cage, and several small odds and ends. The book-case and the bird-cage refused to go into the mouse-hole.

HUNCA MUNCA left them behind the coal-box, and went to fetch a cradle.

HUNCA MUNCA was just returning with another chair, when suddenly there was a noise of talking outside upon the landing. The mice rushed back to their hole, and the dolls came into the nursery.

WHAT a sight met the eyes of Jane and Lucinda!

Lucinda sat upon the upset kitchen stove and stared; and Jane leant against the kitchen dresser and smiled—but neither of them made any remark.

THE book-case and the bird-cage were rescued from under the coal-box—but Hunca Munca has got the cradle, and some of Lucinda's clothes.

SHE also has some useful pots and pans, and several other things.

THE little girl that the doll's-house belonged to, said, —"I will get a doll dressed like a policeman!"

BUT the nurse said, —"I will set a mouse-trap!"

SO that is the story of the two Bad Mice, —but they were not so very very naughty after all, because Tom Thumb paid for everything he broke.

He found a crooked sixpence under the hearthrug; and upon Christmas Eve, he and Hunca Munca stuffed it into one of the stockings of Lucinda and Jane.

AND very early every morning—before anybody is awake—. Hunca Munca comes with her dust-pan and her broom to sweep the Dollies' house!

The Tale Of Mrs. Tiggy-Winkle

티기 윙클 부인 이야기

Once upon a time there was a little girl called Lucie, who lived at a farm called Little-town. She was a good little girl—only she was always losing her pocket-handkerchiefs!

One day little Lucie came into the farm-yard crying—oh, she did cry so! "I've lost my pocket-handkin! Three handkins and a pinny! Have you seen them, Tabby Kitten?"

The Kitten went on washing her white paws; so Lucie asked a speckled hen—.

"Sally Henny-penny, have you found three pocket-handkins?"

But the speckled hen ran into a barn, clucking—.

"I go barefoot, barefoot, barefoot!"

And then Lucie asked Cock Robin sitting on a twig.

Cock Robin looked sideways at Lucie with his bright black eye, and he flew over a stile and away.

Lucie climbed upon the stile and looked up at the hill behind Little-town—a hill that goes up—up—into the clouds as though it had no top!

And a great way up the hill-side she thought she saw some white things spread upon the grass.

Lucie scrambled up the hill as fast as her stout legs would carry her; she ran along a steep path-way—up and up—until Little-town was right away down below—she could have dropped a pebble down the chimney!

Presently she came to a spring, bubbling out from the hill-side.

Some one had stood a tin can upon a stone to catch the water—but the water was already running over, for the can was no bigger than an egg-cup! And where the sand upon the path was wet—there were foot-marks of a very small person.

Lucie ran on, and on.

The path ended under a big rock. The grass was short and green, and there were clothes—props cut from bracken stems, with lines of plaited rushes, and a heap of tiny clothes pins—but no pocket-handkerchiefs!

But there was something else—a door! straight into the hill; and inside it some one was singing—.

"Lily-white and clean, oh! With little frills between, oh! Smooth and hot—red rusty spot Never here be seen, oh!"

Lucie, knocked—once—twice, and interrupted the song. A little frightened voice called out "Who's that?"

Lucie opened the door: and what do you think there was inside the hill?—a nice clean kitchen with a flagged floor and wooden beams—just like any other farm kitchen. Only the ceiling was so low that Lucie's head nearly touched it; and the pots and pans were small, and so was everything there.

There was a nice hot singey smell; and at the table, with an iron in her hand stood a very stout short person staring anxiously at Lucie.

Her print gown was tucked up, and she was wearing a large apron over her striped petticoat. Her little black nose went sniffle, sniffle, snuffle, and her eyes went twinkle, twinkle; and underneath her cap—where Lucie had yellow curls—that little person had PRICKLES!

"Who are you?" said Lucie. "Have you seen my pocket-handkins?"

The little person made a bob-curtsey—"Oh, yes, if you please'm; my name is Mrs. Tiggy-winkle; oh, yes if you please'm, I'm an excellent clear-starcher!" And she took something out of a clothes-basket, and spread it on the ironing-blanket.

"What's that thing?" said Lucie—"that's not my pocket-handkin?"

"Oh no, if you please'm; that's a little scarlet waist-coat belonging to Cock Robin!"

And she ironed it and folded it, and put it on one side.

Then she took something else off a clothes-horse—.

"That isn't my pinny?" said Lucie.

"Oh no, if you please'm; that's a damask table-cloth belonging to Jenny Wren; look how it's stained with currant wine! It's very bad to wash!" said Mrs. Tiggy-winkle.

Mrs. Tiggy-winkle's nose went sniffle, sniffle, snuffle, and her eyes went twinkle, twinkle; and she fetched another hot iron from the fire.

"There's one of my pocket-handkins!" cried Lucie—"and there's my pinny!"

Mrs. Tiggy-winkle ironed it, and goffered it, and shook out the frills.

"Oh that is lovely!" said Lucie.

"And what are those long yellow things with fingers like gloves?"

"Oh, that's a pair of stockings belonging to Sally Henny-penny—look how she's worn the heels out with scratching in the yard! She'll very soon go barefoot!" said Mrs. Tiggy-winkle.

"Why, there's another handkersniff—but it isn't mine; it's red?"

"Oh no, if you please'm; that one belongs to old Mrs. Rabbit; and it did so smell of onions! I've had to wash it separately, I can't get out the smell."

"There's another one of mine," said Lucie.

"What are those funny little white things?"

"That's a pair of mittens belonging to Tabby Kitten; I only have to iron them; she washes them herself."

"There's my last pocket-handkin!" said Lucie.

"And what are you dipping into the basin of starch?"

"They're little dicky shirt-fronts belonging to Tom Titmouse—most terrible particular!" said Mrs. Tiggy-winkle. "Now I've finished my ironing; I'm going to air some clothes."

"What are these dear soft fluffy things?" said Lucie.

"Oh those are woolly coats belonging to the little lambs at Skelghyl."

"Will their jackets take off?" asked Lucie.

"Oh yes, if you please'm; look at the sheep-mark on the shoulder. And here's one marked for Gatesgarth, and three that come from

Little-town. They're always marked at washing!" said Mrs. Tiggy-winkle.

And she hung up all sorts and sizes of clothes—small brown coats of mice; and one velvety black moleskin waist-coat; and a red tailcoat with no tail belonging to Squirrel Nutkin; and a very much shrunk blue jacket belonging to Peter Rabbit; and a petticoat, not marked, that had gone lost in the washing—and at last the basket was empty!

Then Mrs. Tiggy-winkle made tea—a cup for herself and a cup for Lucie. They sat before the fire on a bench and looked sideways at one another. Mrs. Tiggy-winkle's hand, holding the tea-cup, was very very brown, and very very wrinkly with the soap-suds; and all through her gown and her cap, there were hair-pins sticking wrong end out; so that Lucie didn't like to sit too near her.

When they had finished tea, they tied up the clothes in bundles; and Lucie's pocket-handkerchiefs were folded up inside her clean pinny, and fastened with a silver safety-pin.

And then they made up the fire with turf, and came out and locked the door, and hid the key under the door-sill.

Then away down the hill trotted Lucie and Mrs. Tiggy-winkle with the bundles of clothes!

All the way down the path little animals came out of the fern to meet them; the very first that they met were Peter Rabbit and Benjamin Bunny!

And she gave them their nice clean clothes; and all the little animals and birds were so very much obliged to dear Mrs. Tiggy-winkle.

So that at the bottom of the hill when they came to the stile, there was nothing left to carry except Lucie's one little bundle.

Lucie scrambled up the stile with the bundle in her hand; and then she turned to say "Good-night," and to thank the washer-woman—But what a very odd thing! Mrs. Tiggy-winkle had not waited either for thanks or for the washing bill!

She was running running running up the hill—and where was her white frilled cap? and her shawl? and her gown—and her petticoat?

And how small she had grown—and how brown—and covered with PRICKLES!

Why! Mrs. Tiggy-winkle was nothing but a HEDGEHOG.

* * * * *

(Now some people say that little Lucie had been asleep upon the stile—but then how could she have found three clean pocket-handkins and a pinny, pinned with a silver safety-pin?

And besides—I have seen that door into the back of the hill called Cat Bells—and besides I am very well acquainted with dear Mrs. Tiggy-winkle!)

The Tale Of Little Pig Robinson

아기 돼지 로빈슨 이야기

CHAPTER I

When I was a child I used to go to the seaside for the holidays. We stayed in a little town where there was a harbour and fishing boats and fishermen. They sailed away to catch herrings in nets. When the boats came back home again some had only caught a few herrings. Others had caught so many that they could not all be unloaded on to the quay. Then horses and carts were driven into the shallow water at low tide to meet the heavily laden boats. The fish were shovelled over the side of the boat into the carts, and taken to the railway station, where a special train of fish trucks was waiting.

Great was the excitement when the fishing boats returned with a good catch of herrings. Half the people in the town ran down to the quay, including cats.

There was a white cat called Susan who never missed meeting the boats. She belonged to the wife of an old fisherman named Sam. The wife's name was Betsy. She had rheumatics, and she had no family except Susan and five hens. Betsy sat by the fire; her back ached; she said "Ow! Ow!" whenever she had to put coal on, and stir the pot. Susan sat opposite to Betsy. She felt sorry for Betsy; she wished she knew how to put the coal on and stir the pot. All day long they sat by the fire, while Sam was away fishing. They had a cup of tea and some milk.

"Susan," said Betsy, "I can hardly stand up. Go to the front gate and look out for Master's boat."

Susan went out and came back. Three or four times she went out into the garden. At last, late in the afternoon, she saw the sails of the fishing fleet, coming in over the sea.

"Go down to the harbour; ask Master for six herrings; I will cook them for supper. Take my basket, Susan."

Susan took the basket; also she borrowed Betsy's bonnet and little plaid shawl. I saw her hurrying down to the harbour.

Other cats were coming out of the cottages, and running down the steep streets that lead to the sea front. Also ducks. I remember that they were most peculiar ducks with top-knots that looked like Tam-o'-Shanter caps. Everybody was hurrying to meet the boats—nearly everybody. I only met one person, a dog called Stumpy, who was going the opposite way. He was carrying a paper parcel in his mouth.

Some dogs do not care for fish. Stumpy had been to the butcher's to buy mutton chops for himself and Bob and Percy and Miss Rose. Stumpy was a large, serious, well-behaved brown dog with a short tail. He lived with Bob the retriever and Percy the cat and Miss Rose who kept house. Stumpy had belonged to a very rich old gentleman; and when the old gentleman died he left money to Stumpy—ten shillings a week for the rest of Stumpy's life. So that was why Stumpy and Bob and Percy the cat all lived together in a pretty little house.

Susan with her basket met Stumpy at the corner of Broad Street. Susan made a curtsy. She would have stopped to inquire after Percy, only she was in a hurry to meet the boat. Percy was lame; he had hurt his foot. It had been trapped under the wheel of a milk cart.

Stumpy looked at Susan out of the corner of his eye; he wagged his tail, but he did not stop. He could not bow or say "good afternoon" for fear of dropping the parcel of mutton chops. He turned out of Broad Street into Woodbine Lane, where he lived; he pushed open the front door and disappeared into a house. Presently there was a smell of cooking, and I have no doubt that Stumpy and Bob and Miss Rose enjoyed their mutton chops.

Percy could not be found at dinner time. He had slipped out of the window, and, like all the other cats in the town, he had gone to meet the fishing boats.

Susan hurried along Broad Street and took the short cut to the harbour, down a steep flight of steps. The ducks had wisely gone another way, round by the sea front. The steps were too steep and slippery for anyone less sure-footed than a cat. Susan went down quickly and easily. There were forty-three steps, rather dark and slimy, between high backs of houses.

A smell of ropes and pitch and a good deal of noise came up from below. At the bottom of the steps was the quay, or landing-place, beside the inner harbour.

The tide was out; there was no water; the vessels rested on the dirty mud. Several ships were moored beside the quay; others were anchored inside the breakwater.

Near the steps, coal was being unloaded from two grimy colliers called the "Margery Dawe" of Sunderland, and the "Jenny Jones" of Cardiff. Men ran along planks with wheel-barrowfuls of coal; coal scoops were swung ashore by cranes, and emptied with loud thumping and rattling.

Farther along the quay, another ship called the "Pound of Candles" was taking a mixed cargo on board. Bales, casks, packing-cases, barrels—all manner of goods were being stowed into the hold; sailors and stevedores shouted; chains rattled and clanked. Susan waited for an opportunity to slip past the noisy crowd. She watched a cask of cider that bobbed and swung in the air, on its passage from the quay to the deck of the "Pound of Candles." A yellow cat who sat in the rigging was also watching the cask.

The rope ran through the pulley; the cask went down bobbitty on to the deck, where a sailor man was waiting for it. Said the sailor down below:

"Look out! Mind your head, young sir! Stand out of the way!"

"Wee, wee, wee!" grunted a small pink pig, scampering round the deck of the "Pound of Candles."

The yellow cat in the rigging watched the small pink pig. The yellow cat in the rigging looked across at Susan on the quay. The yellow cat winked.

Susan was surprised to see a pig on board a ship. But she was in a hurry. She threaded her way along the quay, amongst coal and cranes, and men wheeling hand-trucks, and noises, and smells. She passed the fish auction, and fish boxes, and fish sorters, and barrels that women were filling with herrings and salt.

Seagulls swooped and screamed. Hundreds of fish boxes and tons of fresh fish were being loaded into the hold of a small steamer. Susan was glad to get away from the crowd, down a much shorter flight of steps on to the shore of the outer harbour. The ducks arrived soon afterwards, waddling and quacking. And old Sam's boat, the "Betsy Timmins," last of the herring fleet and heavy laden, came in round the breakwater; and drove her blunt nose into the shingle.

Sam was in high spirits; he had had a big catch. He and his mate and two lads commenced to unload their fish into carts, as the tide was too low to float the fishing boat up to the quay. The boat was full of herrings.

But, good luck or bad luck, Sam never failed to throw a handful of herrings to Susan.

"Here's for the two old girls and a hot supper! Catch them, Susan! Honest now! Here's a broken fish for you! Now take the others to Betsy."

The ducks were dabbling and gobbling; the seagulls were screaming and swooping. Susan climbed the steps with her basket of herrings and went home by back streets.

Old Betsy cooked two herrings for herself and Susan, another two for Sam's supper when he came in. Then she went to bed with a hot bottle wrapped in a flannel petticoat to help her rheumatics.

Sam ate his supper and smoked a pipe by the fire; and then he went to bed. But Susan sat a long time by the fire, considering. She considered many things—fish, and ducks, and Percy with a lame foot, and dogs that eat mutton chops, and the yellow cat on the ship, and the pig. Susan thought it strange to see a pig upon a ship called the "Pound of Candles." The mice peeped out under the cupboard door. The cinders fell together on the hearth. Susan purred gently in her sleep and dreamed of fish and pigs. She could not understand that pig on board a ship. But I know all about him!

CHAPTER II

You remember the song about the Owl and the Pussy Cat and their beautiful pea-green boat? How they took some honey and plenty of money, wrapped up in a five pound note?

They sailed away, for a year and a day, To the land where the Bong tree grows— And, there in a wood, a piggy-wig stood, With a ring at the end of his nose—his nose, With a ring at the end of his nose.

Now I am going to tell you the story of that pig, and why he went to live in the land of the Bong tree.

When that pig was little he lived in Devonshire, with his aunts, Miss Dorcas and Miss Porcas, at a farm called Piggery Porcombe. Their cosy thatched cottage was in an orchard at the top of a steep red Devonshire lane.

The soil was red, the grass was green; and far away below in the distance they could see red cliffs and a bit of bright blue sea. Ships with white sails sailed over the sea into the harbour of Stymouth.

I have often remarked that the Devonshire farms have very strange names. If you had ever seen Piggery Porcombe you would think that the people who lived there were very queer too! Aunt Dorcas was a stout speckled pig who kept hens. Aunt Porcas was a large smiling black pig who took in washing. We shall not hear very much about them in this story. They led prosperous uneventful lives, and their end was bacon. But their nephew Robinson had the most peculiar adventures that ever happened to a pig.

Little pig Robinson was a charming little fellow; pinky white with small blue eyes, fat cheeks and a double chin, and a turned-up nose, with a real silver ring in it. Robinson could see that ring if he shut one eye and squinted sideways.

He was always contented and happy. All day long he ran about the farm, singing little songs to himself, and grunting "Wee, wee, wee!" His aunts missed those little songs sadly after Robinson had left them.

"Wee? Wee? Wee?" he answered when anybody spoke to him. "Wee? Wee? Wee?" listening with his head on one side and one eye screwed up.

Robinson's old aunts fed him and petted him and kept him on the trot.

"Robinson! Robinson!" called Aunt Dorcas. "Come quick! I hear a hen clucking. Fetch me the egg; don't break it now!"

"Wee, wee, wee!" answered Robinson, like a little Frenchman.

"Robinson! Robinson! I've dropped a clothes peg, come and

pick it up for me!" called Aunt Porcas from the drying green (she being almost too fat to stoop down and pick up anything).

"Wee, wee, wee!" answered Robinson.

Both the aunts were very, very stout. And the stiles in the neighbourhood of Stymouth are narrow. The footpath from Piggery Porcombe crosses many fields; a red trodden track between short green grass and daisies. And wherever the footpath crosses over from one field to another field, there is sure to be a stile in the hedge.

"It is not me that is too stout; it is the stiles that are too thin," said Aunt Dorcas to Aunt Porcas. "Could you manage to squeeze through them if I stayed at home?"

"I could not. Not for two years I could not," replied Aunt Porcas. "Aggravating, it is aggravating of that carrier man, to go and upset his donkey cart the day before market day. And eggs at two and tuppence a dozen! How far do you call it to walk all the way round by the road instead of crossing the fields?"

"Four miles if it's one," sighed Aunt Porcas, "and me using my last bit of soap. However shall we get our shopping done? The donkey says the cart will take a week to mend."

"Don't you think you could squeeze through the stiles if you went before dinner?"

"No, I don't, I would stick fast; and so would you," said Aunt Porcas.

"Don't you think we might venture——." commenced Aunt Dorcas.

"Venture to send Robinson by the footpath to Stymouth?"

finished Aunt Porcas.

"Wee, wee, wee!" answered Robinson.

"I scarcely like to send him alone, though he is sensible for his size."

"Wee, wee, wee!" answered Robinson.

"But there is nothing else to be done," said Aunt Dorcas.

So Robinson was popped into the wash-tub with the last bit of soap. He was scrubbed and dried and polished as bright as a new pin. Then he was dressed in a little blue cotton frock and knickers, and instructed to go shopping to Stymouth with a big market basket.

In the basket were two dozen eggs, a bunch of daffodils, two spring cauliflowers; also Robinson's dinner of bread-and-jam sandwiches. The eggs and flowers and vegetables he must sell in the market, and bring back various other purchases from shopping.

"Now take care of yourself in Stymouth, Nephew Robinson. Beware of gunpowder, and ships' cooks, and pantechnicons, and sausages, and shoes, and ships, and sealing-wax. Remember the blue bag, the soap, the darning-wool—what was the other thing?" said Aunt Dorcas.

"The darning-wool, the soap, the blue bag, the yeast—what was the other thing?" said Aunt Porcas.

"Wee, wee, wee!" answered Robinson.

"The blue bag, the soap, the yeast, the darning-wool, the cabbage seed—that's five, and there ought to be six. It was two more than four because it was two too many to tie knots in the corners of his hankie, to remember by. Six to buy, it should be——."

"I have it!" said Aunt Porcas. "It was tea—tea, blue bag, soap, darning-wool, yeast, cabbage seed. You will buy most of them at Mr. Mumby's. Explain about the carrier, Robinson; tell him we will bring the washing and some more vegetables next week."

"Wee, wee, wee!" answered Robinson, setting off with the big basket.

Aunt Dorcas and Aunt Porcas stood in the porch. They watched him safely out of sight, down the field, and through the first of the many stiles. When they went back to their household tasks they were grunty and snappy with each other, because they were uneasy about Robinson.

"I wish we had not let him go. You and your tiresome blue bag!" said Aunt Dorcas.

"Blue bag, indeed! It was your darning-wool and eggs!" grumbled Aunt Porcas. "Bother that carrier man and his donkey cart! Why could not he keep out of the ditch until after market day?"

CHAPTER III

The walk to Stymouth was a long one, in spite of going by the fields. But the footpath ran downhill all the way, and Robinson was merry. He sang his little song, for joy of the fine morning, and he chuckled "Wee, wee, wee!" Larks were singing, too, high overhead.

And higher still—high up against blue sky, the great white

gulls sailed in wide circles. Their hoarse cries came softened back to earth from a great way up above. Important rooks and lively jackdaws strutted about the meadows amongst the daisies and buttercups. Lambs skipped and baa'ed; the sheep looked round at Robinson.

"Mind yourself in Stymouth, little pig," said a motherly ewe.

Robinson trotted on until he was out of breath and very hot. He had crossed five big fields, and ever so many stiles; stiles with steps; ladder stiles; stiles of wooden posts; some of them were very awkward with a heavy basket. The farm of Piggery Porcombe was no longer in sight when he looked back. In the distance before him, beyond the farmlands and cliffs—never any nearer—the dark blue sea rose like a wall.

Robinson sat down to rest beside a hedge in a sheltered sunny spot. Yellow pussy willow catkins were in flower above his head; there were primroses in hundreds on the bank, and a warm smell of moss and grass and steaming moist red earth.

"If I eat my dinner now, I shall not have to carry it. Wee, wee, wee!" said Robinson.

The walk had made him so hungry he would have liked to eat an egg as well as the jam sandwiches; but he had been too well brought up.

"It would spoil the two dozen," said Robinson.

He picked a bunch of primroses and tied them up with a bit of darning-wool that Aunt Dorcas had given him for a pattern.

"I will sell them in the market for my very own self, and buy sweeties with my pennies. How many pennies have I got?" said

Robinson, feeling in his pocket. "One from Aunt Dorcas, and one from Aunt Porcas, and one for my primroses for my very own self—oh, wee, wee, wee! There is somebody trotting along the road! I shall be late for market!"

Robinson jumped up and pushed his basket through a very narrow stile, where the footpath crossed into the public road. He saw a man on horse-back. Old Mr. Pepperil came up, riding a chestnut horse with white legs. His two tall greyhounds ran before him; they looked through the bars of the gates into every field that they passed. They came bounding up to Robinson, very large and friendly; they licked his face and asked what he had got in that basket. Mr. Pepperil called them. "Here, Pirate! Here, Postboy! Come here, sir!" He did not wish to be answerable for the eggs.

The road had been recently covered with sharp new flints. Mr. Pepperil walked the chestnut horse on the grass edge, and talked to Robinson. He was a jolly old gentleman, very affable, with a red face and white whiskers. All the green fields and red ploughland between Stymouth and Piggery Porcombe belonged to him.

"Hullo, hullo! And where are you off to, little Pig Robinson?"

"Please, Mr. Pepperil, sir, I'm going to market. Wee, wee, wee!" said Robinson.

"What, all by yourself? Where are Miss Dorcas and Miss Porcas? Not ill, I trust?"

Robinson explained about the narrow stiles.

"Dear, dear! Too fat, too fat? So you are going all alone? Why don't your aunts keep a dog to run errands?"

Robinson answered all Mr. Pepperil's questions very sensibly and prettily. He showed much intelligence, and quite a good knowledge of vegetables, for one so young. He trotted along almost under the horse, looking up at its shiny chestnut coat, and the broad white girth, and Mr. Pepperil's gaiters and brown leather boots. Mr. Pepperil was pleased with Robinson; he gave him another penny. At the end of the flints, he gathered up the reins and touched the horse with his heel.

"Well, good day, little pig. Kind regards to the aunts. Mind yourself in Stymouth." He whistled for his dogs, and trotted away.

Robinson continued to walk along the road. He passed by an orchard where seven thin dirty pigs were grubbing. They had no silver rings in their noses! He crossed Styford bridge without stopping to look over the parapet at the little fishes, swimming head up stream, balanced in the sluggish current; or the white ducks that dabbled amongst floating masses of water-crowsfoot. At Styford Mill he called to leave a message from Aunt Dorcas to the Miller about meal; the Miller's wife gave him an apple.

At the house beyond the mill, there is a big dog that barks; but the big dog Gypsy only smiled and wagged his tail at Robinson. Several carts and gigs overtook him. First, two old farmers who screwed themselves round to stare at Robinson. They had two geese, a sack of potatoes, and some cabbages, sitting on the back seat of their gig. Then an old woman passed in a donkey cart with seven hens, and long pink bundles of rhubarb that had been grown in straw under apple barrels. Then with a rattle and a jingle of cans came Robinson's cousin, little Tom Pigg, driving a strawberry roan pony, in a milk float.

He might have offered Robinson a lift, only he happened to be going in the opposite direction; in fact, the strawberry roan pony was running away home.

"This little pig went to market!" shouted little Tom Pigg gaily, as he rattled out of sight in a cloud of dust, leaving Robinson standing in the road.

Robinson walked on along the road, and presently he came to another stile in the opposite hedge, where the footpath followed the fields again. Robinson got his basket through the stile. For the first time he felt some apprehension. In this field there were cows; big sleek Devon cattle, dark red like their native soil. The leader of the herd was a vicious old cow, with brass balls screwed on to the tips of her horns. She stared disagreeably at Robinson. He sidled across the meadow and got out through the farther stile as quickly as he could. Here the new trodden footpath followed round the edge of a crop of young green wheat. Someone let off a gun with a bang that made Robinson jump and cracked one of Aunt Dorcas's eggs in the basket.

A cloud of rooks and jackdaws rose cawing and scolding from the wheat. Other sounds mingled with their cries; noises of the town of Stymouth that began to come in sight through the elm trees that bordered the fields; distant noises from the station; whistling of an engine; the bump of trucks shunting; noise of workshops; the hum of a distant town; the hooter of a steamer entering the harbour. High overhead came the hoarse cry of the gulls, and the squabbling cawing of rooks, old and young, in their rookery up in the elm trees.

Robinson left the fields for the last time and joined a stream of country people on foot and in carts, all going to Stymouth Market.

CHAPTER IV

Stymouth is a pretty little town, situated at the mouth of the river Pigsty, whose sluggish waters slide gently into a bay sheltered by high red headlands. The town itself seems to be sliding downhill in a basin of hills, all slipping seaward into Stymouth harbour, which is surrounded by quays and the outer breakwater.

The outskirts of the town are untidy, as is frequently the case with seaports. A straggling suburb on the western approach is inhabited principally by goats, and persons who deal in old iron, rags, tarred rope, and fishing nets. There are rope walks, and washing that flaps on waggling lines above banks of stony shingle, littered with seaweed, whelk shells and dead crabs—very different from Aunt Porcas's clothes-lines over the clean green grass.

And there are marine stores that sell spyglasses, and sou'westers, and onions; and there are smells; and curious high sheds, shaped like sentry boxes, where they hang up herring nets to dry; and loud talking inside dirty houses. It seemed a likely place to meet a pantechnicon. Robinson kept in the middle of the road. Somebody in a public-house shouted at him through the window, "Come in, fat pig!" Robinson took to his heels.

The town of Stymouth itself is clean, pleasant, picturesque, and well behaved (always excepting the harbour); but it is extremely steep downhill. If Robinson had started one of Aunt Dorcas's eggs rolling at the top of High Street, it would have rolled all the way down to the bottom; only it would have got broken certainly against a doorstep, or underfoot. There were crowds in the streets, as it was market day.

Indeed, it was difficult to walk about without being pushed off the pavement; every old woman that Robinson met seemed to have a basket as big as his own. In the roadway were fish barrows, apple barrows, stalls with crockery and hardware, cocks and hens riding in pony carts, donkeys with panniers, and farmers with wagon-loads of hay. Also there was a constant string of coal carts coming up from the docks. To a country-bred pig, the noise was confusing and fearful.

Robinson kept his head very creditably until he got into Fore Street, where a drover's dog was trying to turn three bullocks into a yard, assisted by Stumpy and half the other dogs of the town. Robinson and two other little pigs with baskets of asparagus bolted down an alley and hid in a doorway until the noise of bellowing and barking had passed.

When Robinson took courage to come out again into Fore Street, he decided to follow close behind the tail of a donkey who was carrying panniers piled high with spring broccoli. There was no difficulty in guessing which road led to market. But after all these delays it was not surprising that the church clock struck eleven.

Although it had been open since ten, there were still plenty of customers buying, and wanting to buy, in the market hall. It was a large, airy, light, cheerful, covered-in place, with glass in the roof. It was crowded, but safe and pleasant, compared with the jostling and racket outside in the cobble-paved streets; at all events there was no risk of being run over. There was a loud hum of voices; market folk cried their wares; customers elbowed and pushed round the stalls. Dairy produce, vegetables, fish, and shell fish were displayed upon the flat boards on trestles.

Robinson had found a standing place at one end of a stall where Nanny Nettigoat was selling periwinkles.

"Winkle, winkle! Wink, wink, wink! Maa, maa-a!" bleated Nanny.

Winkles were the only thing that she offered for sale, so she felt no jealousy of Robinson's eggs and primroses. She knew nothing about his cauliflowers; he had the sense to keep them in the basket under the table. He stood on an empty box quite proud and bold behind the trestle table, singing:

"Eggs, new laid! Fresh new-laid eggs! Who'll come and buy my eggs and daffodillies?"

"I will, sure," said a large brown dog with a stumpy tail, "I'll buy a dozen. My Miss Rose has sent me to market on purpose to buy eggs and butter."

"I am so sorry, I have no butter, Mr. Stumpy; but I have beautiful cauliflowers," said Robinson, lifting up the basket, after a cautious glance round at Nanny Nettigoat, who might have tried to nibble them. She was busy measuring periwinkles in a pewter mug for a duck customer in a Tam-o'-Shanter cap. "They are lovely brown eggs, except one that got cracked; I think that white pussy cat at the opposite stall is selling butter—they are beautiful cauliflowers."

"I'll buy a cauliflower, lovey, bless his little turned-up nose; did he grow them in his own garden?" said old Betsy, bustling up; her rheumatism was better; she had left Susan to keep house. "No, lovey, I don't want any eggs; I keep hens myself. A cauliflower and a bunch of daffodils for a bow-pot, please," said Betsy.

"Wee, wee, wee!" replied Robinson.

"Here, Mrs. Perkins, come here! Look at this little pig stuck up at a stall all by himself!"

"Well, I don't know!" exclaimed Mrs. Perkins, pushing through the crowd, followed by two little girls. "Well, I never! Are they quite new laid, sonny? Won't go off pop and spoil my Sunday dress like the eggs Mrs. Wyandotte took first prize with at five flower shows, till they popped and spoiled the judge's black silk dress? Not duck eggs, stained with coffee? That's another trick of flower shows! New laid, guaranteed? Only you say one is cracked? Now I call that real honest: it's no worse for frying. I'll have the dozen eggs and a cauliflower, please. Look, Sarah Polly! Look at his silver nose-ring."

Sarah Polly and her little girl friend went into fits of giggling, so that Robinson blushed. He was so confused that he did not notice a lady who wanted to buy his last cauliflower, till she touched him. There was nothing else left to sell, but a bunch of primroses. After more giggling and some whispering the two little girls came back, and bought the primroses. They gave him a peppermint, as well as the penny, which Robinson accepted; but without enthusiasm and with a preoccupied manner.

The trouble was that no sooner had he parted with the bunch

of primroses than he realised that he had also sold Aunt Porcas's pattern of darning wool. He wondered if he ought to ask for it back; but Mrs. Perkins and Sarah Polly and her little girl friend had disappeared.

Robinson, having sold everything, came out of the market hall, sucking the peppermint. There were still numbers of people coming in. As Robinson came out upon the steps his basket got caught in the shawl of an elderly sheep, who was pushing her way up. While Robinson was disentangling it, Stumpy came out. He had finished his marketing. His basket was full of heavy purchases. A responsible, trustworthy, obliging dog was Stumpy, glad to do a kindness to anybody.

When Robinson asked him the way to Mr. Mumby's, Stumpy said: "I am going home by Broad Street. Come with me, and I will show you."

"Wee, wee, wee! Oh, thank you, Stumpy!" said Robinson.

CHAPTER V

Old Mr. Mumby was a deaf old man in spectacles, who kept a general store. He sold almost anything you can imagine, except ham—a circumstance much approved by Aunt Dorcas. It was the only general store in Stymouth where you would not find displayed upon the counter a large dish, containing strings of thin, pale-coloured, repulsively uncooked sausages, and rolled bacon hanging from the ceiling.

"What pleasure," said Aunt Dorcas feelingly—"what possible pleasure can there be in entering a shop where you knock your head against a ham? A ham that may have belonged to a dear second cousin?"

Therefore the aunts bought their sugar and tea, their blue bag, their soap, their frying pans, matches, and mugs from old Mr. Mumby.

All these things he sold, and many more besides, and what he did not keep in stock he would obtain to order. But yeast requires to be quite fresh, he did not sell it; he advised Robinson to ask for yeast at a baker's shop. Also he said it was too late in the season to buy cabbage seed; everybody had finished sowing vegetable seeds this year. Worsted for darning he did sell; but Robinson had forgotten the colour.

Robinson bought six sticks of delightfully sticky barley sugar with his pennies, and listened carefully to Mr. Mumby's messages for Aunt Dorcas and Aunt Porcas—how they were to send some cabbages next week when the donkey cart would be mended; and how the kettle was not repaired yet, and there was a new patent box-iron he would like to recommend to Aunt Porcas.

Robinson said "Wee, wee, wee?" and listened, and little dog Tipkins who stood on a stool behind the counter, tying up grocery parcels in blue paper bags—little dog Tipkins whispered to Robinson—. "Were there any rats this spring in the barn at Piggery Porcombe? And what would Robinson be doing on Saturday afternoon?"

"Wee, wee, wee!" answered Robinson.

Robinson came out of Mr. Mumby's, heavily laden. The barley sugar was comforting; but he was troubled about the darning wool, the yeast, and the cabbage seed. He was looking about rather anxiously, when again he met old Betsy, who exclaimed:

"Bless the little piggy! Not gone home yet? Now it must not stop in Stymouth till it gets its pocket picked!"

Robinson explained his difficulty about the darning wool.

Kind old Betsy was ready with help.

"Why, I noticed the wool round the little primrose posy; it was blue-grey colour like the last pair of socks that I knitted for Sam. Come with me to the wool shop—Fleecy Flock's wool shop. I remember the colour; well I do!" said Betsy.

Mrs. Flock was the sheep that had run against Robinson; she had bought herself three turnips and come straight home from market, for fear of missing customers while her shop was locked up.

Such a shop! Such a jumble! Wool all sorts of colours, thick wool, thin wool, fingering wool, and rug wool, bundles and bundles all jumbled up; and she could not put her hoof on anything. She was so confused and slow at finding things that Betsy got impatient.

"No, I don't want wool for slippers; darning wool, Fleecy; darning wool, same colour as I bought for my Sam's socks. Bless me, no, not knitting needles! Darning wool."

"Baa, baa! Did you say white or black, m'm? Three ply, was it?"

"Oh, dear me, grey darning wool on cards; not heather mixture."

"I know I have it somewhere," said Fleecy Flock helplessly,

jumbling up the skeins and bundles. "Sim Ram came in this morning with part of the Ewehampton clip; my shop is completely cluttered up——."

It took half an hour to find the wool. If Betsy had not been with him, Robinson never would have got it.

"It's that late, I must go home," said Betsy. "My Sam is on shore to-day for dinner. If you take my advice you will leave that big heavy basket with the Miss Goldfinches, and hurry with your shopping. It's a long uphill walk home to Piggery Porcombe."

Robinson, anxious to follow old Betsy's advice, walked towards the Miss Goldfinches. On the way he came to a baker's, and he remembered the yeast.

It was not the right sort of baker's, unfortunately. There was a nice bakery smell, and pastry in the window; but it was an eating house or cook shop.

When he pushed the swing door open, a man in an apron and a square white cap turned round and said, "Hullo! Is this a pork pie walking on its hind legs?"—and four rude men at a dining table burst out laughing.

Robinson left the shop in a hurry. He felt afraid to go into any other baker's shop. He was looking wistfully into another window in Fore Street when Stumpy saw him again. He had taken his own basket home, and come out on another errand. He carried Robinson's basket in his mouth and took him to a very safe baker's, where he was accustomed to buy dog biscuits for himself. There Robinson purchased Aunt Dorcas's yeast at last.

They searched in vain for cabbage seed; they were told that the only likely place was a little store on the quay, kept by a pair of wagtails.

"It is a pity I cannot go with you," said Stumpy. "My Miss Rose has sprained her ankle; she sent me to fetch twelve postage stamps, and I must take them home to her, before the post goes out. Do not try to carry this heavy basket down and up the steps; leave it with the Miss Goldfinches."

Robinson was very grateful to Stumpy. The two Miss Goldfinches kept a tea and coffee tavern which was patronized by Aunt Dorcas and the quieter market people. Over the door was a sign-board upon which was painted a fat little green bird called "The Contented Siskin," which was the name of their coffee tavern. They had a stable where the carrier's donkey rested when it came into Stymouth with the washing on Saturdays.

Robinson looked so tired that the elder Miss Goldfinch gave him a cup of tea; but they both told him to drink it up quickly.

"Wee, wee, wee! Yock yock!" said Robinson, scalding his nose.

In spite of their respect for Aunt Dorcas, the Miss Goldfinches disapproved of his solitary shopping; and they said that the basket was far too heavy for him.

"Neither of us could lift it," said the elder Miss Goldfinch, holding out a tiny claw. "Get your cabbage seed and hurry back. Sim Ram's pony gig is still waiting in our stable. If you come back before he starts I feel sure he will give you a lift; at all events he will make room for your basket under the seat—and he passes Piggery Porcombe. Run away now!"

"Wee, wee, wee!" said Robinson.

"Whatever were they thinking of to let him come alone? He will never get home before dark," said the elder Miss Goldfinch. "Fly to the stable, Clara; tell Sim Ram's pony not to start without the basket."

The younger Miss Goldfinch flew across the yard. They were industrious, sprightly little lady birds, who kept lump sugar and thistle seed as well as tea in their tea-caddies. Their tables and china were spotlessly clean.

CHAPTER VI

Stymouth was full of inns; too full. The farmers usually put up their horses at the "Black Bull" or the "Horse and Farrier"; the smaller market people patronized the "Pig and Whistle."

There was another inn called the "Crown and Anchor" at the corner of Fore Street. It was much frequented by seamen; several were lounging about the door with their hands in their pockets. One sailor-man in a blue jersey sauntered across the road, staring very hard at Robinson.

Said he—"I say little pig! do you like snuff?"

Now if Robinson had a fault, it was that he could not say "No"; not even to a hedgehog stealing eggs. As a matter of fact, snuff or tobacco made him sick. But instead of saying, "No, thank you, Mr. Man," and going straight away about his business, he shuffled his feet, half closed one eye, hung his head on one side, and grunted.

The sailor pulled out a horn snuff box and presented a small pinch to Robinson, who wrapped it up in a little bit of paper, intending to give it to Aunt Dorcas. Then, not to be outdone in politeness, he offered the sailor-man some barley sugar.

If Robinson was not fond of snuff, at all events his new acquaintance had no objection to candy. He ate an alarming quantity. Then he pulled Robinson's ear and complimented him, and said he had five chins. He promised to take Robinson to the cabbage seed shop; and, finally, he begged to have the honour of showing him over a ship engaged in the ginger trade, commanded by Captain Barnabas Butcher, and named the "Pound of Candles."

Robinson did not very much like the name. It reminded him of tallow, of lard, of crackle and trimmings of bacon. But he allowed himself to be led away, smiling shyly, and walking on his toes. If Robinson had only known...that man was a ship's cook!

As they turned down the steep narrow lane, out of High Street, leading to the harbour, old Mr. Mumby at his shop door called out anxiously, "Robinson! Robinson!" But there was too much noise of carts. And a customer coming into the shop at that moment distracted his attention, and he forgot the suspicious behaviour of the sailor. Otherwise, out of regard for the family, he would undoubtedly have ordered his dog, Tipkins, to go and fetch Robinson back. As it was, he was the first person to give useful information to the police, when Robinson had been missed. But it was then too late.

Robinson and his new friend went down the long flight of steps to the harbour basin—very high steps, steep and slippery. The little pig was obliged to jump from step to step until the sailor kindly took hold of him. They walked along the quay hand in hand: their appearance seemed to cause unbounded amusement.

Robinson looked about him with much interest. He had peeped over those steps before when he had come into Stymouth in the donkey cart, but he had never ventured to go down, because the sailors are rather rough, and because they frequently have little snarling terriers on guard about their vessels.

There were ever so many ships in the harbour; the noise and bustle was almost as loud as it had been up above in the market square. A big three-masted ship called the "Goldielocks" was discharging a cargo of oranges; and farther along the quay, a small coasting brig called "Little Bo Peep" of Bristol was loading up with bales of wool belonging to the sheep of Ewehampton and Lambworthy.

Old Sim Ram, with a sheepbell and big curly horns, stood by the gangway keeping count of the bales. Every time the crane swung round and let down another bale of wool into the hold, with a scuffle of rope through the pulley, Simon Ram nodded his old head, and the bell went "tinkle tinkle, tong," and he gave a gruff bleat.

He was a person who knew Robinson by sight and ought to have warned him. He had often passed Piggery Porcombe when he drove down the lane in his gig. But his blind eye was turned towards the quay; and he had been flustered and confused by an argument with the pursers as to whether thirty-five bales of wool had been hoisted on board already or only thirty-four.

So he kept his one useful eye carefully on the wool, and counted it by the notches on his tally stick—another bale—another notch—thirty-five, thirty-six, thirty-seven; he hoped the number would come right at the finish.

His bob-tailed sheep dog, Timothy Gyp, was also acquainted with Robinson, but he was busy superintending a dog fight between an Airedale terrier belonging to the collier "Margery Daw" and a Spanish dog belonging to the "Goldielocks." No one took any notice of their growling and snarling, which ended in both rolling over the side of the quay and falling into the water. Robinson kept close to the sailor and held his hand very tight.

The "Pound of Candles" proved to be a good-sized schooner, newly painted and decorated with certain flags, whose significance was not understood by Robinson. She lay near the outer end of the jetty. The tide was running up fast, lapping against the ship's sides and straining the thick hawsers by which she was moored to the quay.

The crew were stowing goods on board and doing things with ropes under the direction of Captain Barnabas Butcher; a lean, brown, nautical person with a rasping voice. He banged things about and grumbled; parts of his remarks were audible on the quay. He was speaking about the tug "Sea-horse"—and about the spring tide, with a north-east wind behind it—and the baker's man and fresh vegetables—"to be shipped at eleven sharp; likewise a joint of...." He stopped short suddenly, and his eye lighted upon the cook and Robinson.

Robinson and the cook went on board across a shaky plank. When Robinson stepped on to the deck, he found himself face to face with a large yellow cat who was blacking boots.

The cat gave a start of surprise and dropped its blacking brush. It then began to wink and make extraordinary faces at Robinson. He had never seen a cat behave in that way before. He inquired whether it was ill. Whereupon the cook threw a boot at it, and it rushed up into the rigging. But Robinson he invited most affably to descend into the cabin, to partake of muffins and crumpets.

I do not know how many muffins Robinson consumed. He went on eating them until he fell asleep; and he went on sleeping until his stool gave a lurch, and he fell off and rolled under the table. One side of the cabin floor swung up to the ceiling; and the other side of the ceiling swung down to the floor. Plates danced about; and there were shoutings and thumpings and rattling of chains and other bad sounds.

Robinson picked himself up, feeling bumped. He scrambled up a sort of a ladder-staircase on to the deck. Then he gave squeal upon squeal of horror! All round the ship there were great big green waves; the houses on the quay were like dolls' houses; and high up inland, above the red cliffs and green fields, he could see the farm of Piggery Porcombe looking no bigger than a postage stamp. A little white patch in the orchard was Aunt Porcas's washing, spread out to bleach upon the grass. Near at hand the black tug "Sea-horse" smoked and plunged and rolled. They were winding in the tow rope which had just been cast loose from the "Pound of Candles."

Captain Barnabas stood up in the bows of his schooner; he yelled and shouted to the master of the tug. The sailors shouted also, and pulled with a will, and hoisted the sails. The ship heeled over and rushed through the waves, and there was a smell of the sea.

As for Robinson—he tore round and round the deck like one distracted, shrieking very shrill and loud. Once or twice he slipped down; for the deck was extremely sideways; but still he ran and he ran. Gradually his squeals subsided into singing, but still he kept on running, and this is what he sang—.

"Poor Pig Robinson Crusoe! Oh, how in the world could they do so? They have set him afloat, in a horrible boat, Oh, poor pig Robinson Crusoe!"

The sailors laughed until they cried; but when Robinson had sung that same verse about fifty times, and upset several sailors by rushing between their legs, they began to get angry. Even the ship's cook was no longer civil to Robinson. On the contrary, he was very rude indeed. He said that if Robinson did not leave off singing through his nose, he would make him into pork chops.

Then Robinson fainted, and fell flat upon the deck of the "Pound of Candles."

CHAPTER VII

It must not be supposed for one moment that Robinson was ill-treated on board ship. Quite the contrary. He was even better fed and more petted on the "Pound of Candles" than he had been at Piggery Porcombe. So, after a few days' fretting for his kind old aunts (especially while he was seasick), Robinson became perfectly contented and happy. He found what is called his "sea legs"; and he scampered about the deck until the time when he became too fat and lazy to scamper.

The cook was never tired of boiling porridge for him. A whole sack full of meal and a sack of potatoes appeared to have been provided especially for his benefit and pleasure. He could eat as much as he pleased. It pleased him to eat a great deal and to lie on the warm boards of the deck. He got lazier and lazier as the ship sailed south into warmer weather. The mate made a pet of him; the crew gave him tit-bits. The cook rubbed his back and scratched his sides—his ribs could not be tickled, because he had laid so much fat on. The only persons who refused to treat him as a joke were the yellow tom-cat and Captain Barnabas Butcher, who was of a sour disposition.

The attitude of the cat was perplexing to Robinson. Obviously it disapproved of the maize meal porridge business, and it spoke mysteriously about the impropriety of greediness, and about the disastrous results of over-indulgence. But it did not explain what those results might be, and as the cat itself cared neither for yellow meal nor 'taties, Robinson thought that its warnings might arise from prejudice. It was not unfriendly. It was mournful and foreboding.

The cat itself was crossed in love. Its morose and gloomy outlook upon life was partly the result of separation from the owl. That sweet hen-bird, a snowy owl of Lapland, had sailed upon a northern whaler, bound for Greenland. Whereas the "Pound of Candles" was heading for the tropic seas.

Therefore the cat neglected its duties, and was upon the worst of terms with the cook. Instead of blacking boots and valeting the Captain, it spent days and nights in the rigging, serenading the moon. Between times it came down on deck, and remonstrated with Robinson.

It never told him plainly why he ought not to eat so much; but it referred frequently to a mysterious date (which Robinson could never remember)—the date of Captain Butcher's birthday, which he celebrated annually by an extra good dinner.

"That's what they are saving up apples for. The onions are done—sprouted with the heat. I heard Captain Barnabas tell the cook that onions were of no consequence as long as there were apples for sauce."

Robinson paid no attention. In fact, he and the cat were both on the side of the ship, watching a shoal of silvery fishes. The ship was completely becalmed. The cook strolled across the deck to see what the cat was looking at and exclaimed joyfully at sight of fresh fish. Presently half the crew were fishing. They baited their lines with bits of scarlet wool and bits of biscuit; and the boatswain had a successful catch on a line baited with a shiny button.

The worst of button fishing was that so many fish dropped off while being hauled on deck. Consequently Captain Butcher allowed the crew to launch the jolly boat, which was let down from some iron contraption called "the davits" on to the glassy surface of the sea. Five sailors got into the boat; the cat jumped in also. They fished for hours. There was not a breath of wind.

In the absence of the cat, Robinson fell asleep peacefully upon the warm deck. Later he was disturbed by the voices of the mate and the cook, who had not gone fishing. The former was saying:

"I don't fancy loin of pork with sunstroke, Cooky. Stir him up; or else throw a piece of sail cloth over him. I was bred on a farm myself. Pigs should never be let sleep in a hot sun."

"As why?" inquired the cook.

"Sunstroke," replied the mate. "Likewise it scorches the skin; makes it peely like; spoils the look of the crackling."

At this point a rather heavy dirty piece of sail cloth was flung over Robinson, who struggled and kicked with sudden grunts.

"Did he hear you, Matey?" asked the cook in a lower voice.

"Don't know; don't matter; he can't get off the ship," replied the mate, lighting his pipe.

"Might upset his appetite; he's feeding beautiful," said the cook.

Presently the voice of Captain Barnabas Butcher was heard. He had come up on deck after a siesta below in his cabin.

"Proceed to the crow's nest on the main mast; observe the horizon through a telescope according to latitude and longitude. We ought to be amongst the archipelago by the chart and compass," said the voice of Captain Butcher.

It reached the ears of Robinson through the sail cloth in muffled tones, but peremptory: although it was not so received by the mate, who occasionally contradicted the Captain when no one else was listening.

"My corns are very painful," said the mate.

"Send the cat up," ordered Captain Barnabas briefly.

"The cat is out in the boat fishing."

"Fetch him in then," said Captain Barnabas, losing his temper.

"He has not blacked my boots for a fort-night." He went below; that is, down a step-ladder into his cabin, where he proceeded to work out the latitude and longitude again, in search of the archipelago.

"It's to be hoped that he mends his temper before next Thursday, or he won't enjoy roast pork!" said the mate to the cook.

They strolled to the other end of the deck to see what fish had been caught; the boat was coming back.

As the weather was perfectly calm, it was left over night upon the glassy sea, tied below a port-hole (or ship's window) at the stern of the "Pound of Candles."

The cat was sent up the mast with a telescope; it remained there for some time. When it came down it reported quite untruthfully that there was nothing in sight. No particular watch or look-out was kept that night upon the "Pound of Candles" because the ocean was so calm. The cat was supposed to watch—if anybody did. All the rest of the ship's company played cards.

Not so the cat or Robinson. The cat had noticed a slight movement under the sail cloth. It found Robinson shivering with fright and in floods of tears. He had overheard the conversation about pork.

"I'm sure I have given you enough hints," said the cat to Robinson. "What do you suppose they were feeding you up for? Now don't start squealing, you little fool! It's as easy as snuff, if you will listen and stop crying. You can row, after a fashion." (Robinson had been out fishing occasionally and caught several crabs). "Well, you have not far to go; I could see the top of the Bong tree on an island

N.N.E., when I was up the mast. The straits of the archipelago are too shallow for the 'Pound of Candles,' and I'll scuttle all the other boats. Come along, and do what I tell you!" said the cat.

The cat, actuated partly by unselfish friendship, and partly by a grudge against the cook and Captain Barnabas Butcher, assisted Robinson to collect a varied assortment of necessaries. Shoes, sealing-wax, a knife, an armchair, fishing tackle, a straw hat, a saw, fly papers, a potato pot, a telescope, a kettle, a compass, a hammer, a barrel of flour, another of meal, a keg of fresh water, a tumbler, a teapot, nails, a bucket, a screwdriver——.

"That reminds me," said the cat, and what did it do but go round the deck with a gimlet and bore large holes in the three boats that remained on board the "Pound of Candles."

By this time there began to be ominous sounds below; those of the sailors who had had bad hands were beginning to be tired of carding. So the cat took a hasty farewell of Robinson, pushed him over the ship's side, and he slid down the rope into the boat. The cat unfastened the upper end of the rope and threw it after him. Then it ascended the rigging and pretended to sleep upon its watch.

Robinson stumbled somewhat in taking his seat at the oars. His legs were short for rowing. Captain Barnabas in the cabin suspended his deal, a card in his hand, listening (the cook took the opportunity to look under the card), then he went on slapping down the cards, which drowned the sound of oars upon the placid sea.

After another hand, two sailors left the cabin and went on deck. They noticed something having the appearance of a large black beetle in the distance. One of them said it was an enormous cockroach, swimming with its hind legs. The other said it was a dolphinium. They disputed, rather loudly. Captain Barnabas, who had had a hand with no trumps at all after the cook dealing—Captain Barnabas came on deck and said:

"Bring me my telescope."

The telescope had disappeared; likewise the shoes, the sealing-wax, the compass, the potato pot, the straw hat, the hammer, the nails, the bucket, the screwdriver, and the armchair.

"Take the jolly boat and see what it is," ordered Captain Butcher.

"All jolly fine, but suppose it is a dolphinium?" said the mate mutinously.

"Why, bless my life, the jolly boat is gone!" exclaimed a sailor.

"Take another boat, take all the three other boats; it's that pig and that cat!" roared the Captain.

"Nay, sir, the cat's up the rigging asleep."

"Bother the cat! Get the pig back! The apple sauce will be wasted!" shrieked the cook, dancing about and brandishing a knife and fork.

The davits were swung out, the boats were let down with a swish and a splash, all the sailors tumbled in, and rowed frantically. And most of them were glad to row frantically back to the "Pound of Candles." For every boat leaked badly, thanks to the cat.

CHAPTER VIII

Robinson rowed away from the "Pound of Candles." He tugged

steadily at the oars. They were heavy for him. The sun had set, but I understand that in the tropics—I have never been there—there is a phosphorescent light upon the sea. When Robinson lifted his oars, the sparkling water dripped from the blades like diamonds. And presently the moon began to rise above the horizon—rising like half a great silver plate. Robinson rested on his oars and gazed at the ship, motionless in the moonlight, on a sea without a ripple. It was at this moment—he being a quarter of a mile away—that the two sailors came on deck, and thought his boat was a swimming beetle.

Robinson was too far away to see or hear the uproar on board the "Pound of Candles"; but he did presently perceive that three boats were starting in pursuit. Involuntarily he commenced to squeal, and rowed frantically. But before he had time to exhaust himself by racing, the ship's boats turned back. Then Robinson remembered the cat's work with the gimlet, and he knew that the boats were leaking. For the rest of the night he rowed quietly, without haste. He was not inclined to sleep, and the air was pleasantly cool. Next day it was hot, but Robinson slept soundly under the sail cloth, which the cat had been careful to send with him, in case he wished to rig up a tent.

The ship receded from view—you know the sea is not really flat. First he could not see the hull, then he could not see the deck, then only part of the masts, then nothing at all.

Robinson had been steering his course by the ship. Having lost sight of this direction sign, he turned round to consult his compass—when bump, bump, the boat touched a sandbank.

Fortunately it did not stick.

Robinson stood up in the boat, working one oar backwards, and gazing around. What should he see but the top of the Bong tree!

Half an hour's rowing brought him to the beach of a large and fertile island. He landed in the most approved manner in a convenient sheltered bay, where a stream of boiling water flowed down the silvery strand. The shore was covered with oysters. Acid drops and sweets grew upon the trees. Yams, which are a sort of sweet potato, abounded ready cooked. The bread-fruit tree grew iced cakes and muffins, ready baked; so no pig need sigh for porridge. Overhead towered the Bong tree.

If you want a more detailed description of the island, you must read "Robinson Crusoe." The island of the Bong tree was very like Crusoe's, only without its drawbacks. I have never been there myself, so I rely upon the report of the Owl and the Pussy Cat, who visited it eighteen months later, and spent a delightful honeymoon there. They spoke enthusiastically about the climate—only it was a little too warm for the Owl.

Later on Robinson was visited by Stumpy and little dog Tipkins. They found him perfectly contented, and in the best of good health. He was not at all inclined to return to Stymouth. For anything I know he may be living there still upon the island. He grew fatter and fatter and more fatterer; and the ship's cook never found him.

The Tale of Pigling Bland

피글링 블랜드 이야기

Once upon a time there was an old pig called Aunt Pettitoes. She had eight of a family: four little girl pigs, called Cross-patch, Suck-suck, Yock-yock and Spot; and four little boy pigs, called Alexander, Pigling Bland, Chin-Chin and Stumpy. Stumpy had had an accident to his tail.

The eight little pigs had very fine appetites—"Yus, yus, yus! They eat and indeed they DO eat!" said Aunt Pettitoes, looking at her family with pride. Suddenly there were fearful squeals; Alexander had squeezed inside the hoops of the pig trough and stuck.

Aunt Pettitoes and I dragged him out by the hind legs.

Chin-chin was already in disgrace; it was washing day, and he had eaten a piece of soap. And presently in a basket of clean clothes, we found another dirty little pig—"Tchut, tut, tut! Whichever is this?" grunted Aunt Pettitoes. Now all the pig family are pink, or pink with black spots, but this pig child was smutty black all over; when it had been popped into a tub, it proved to be Yock-yock.

I went into the garden; there I found Cross-patch and Suck-suck rooting up carrots. I whipped them myself and led them out by the ears. Cross-patch tried to bite me.

"Aunt Pettitoes, Aunt Pettitoes! You are a worthy person, but your family is not well brought up. Every one of them has been in mischief except Spot and Pigling Bland."

"Yus, yus!" sighed Aunt Pettitoes. "And they drink bucketfuls of milk; I shall have to get another cow! Good little Spot shall stay at home to do the housework; but the others must go. Four little boy pigs and four little girl pigs are too many altogether."

"Yus, yus, yus," said Aunt Pettitoes, "there will be more to eat without them."

So Chin-chin and Suck-suck went away in a wheel-barrow, and Stumpy, Yock-yock and Cross-patch rode away in a cart.

And the other two little boy pigs, Pigling Bland and Alexander went to market. We brushed their coats, we curled their tails and washed their little faces, and wished them good bye in the yard.

Aunt Pettitoes wiped her eyes with a large pocket handkerchief, then she wiped Pigling Bland's nose and shed tears; then she wiped Alexander's nose and shed tears; then she passed the handkerchief to Spot. Aunt Pettitoes sighed and grunted, and addressed those little pigs as follows—.

"Now Pigling Bland, son Pigling Bland, you must go to market. Take your brother Alexander by the hand. Mind your Sunday clothes, and remember to blow your nose." —(Aunt Pettitoes passed round the handkerchief again)—"Beware of traps, hen roosts, bacon and eggs; always walk upon your hind legs." Pigling Bland who was a sedate little pig, looked solemnly at his mother, a tear trickled down his cheek.

Aunt Pettitoes turned to the other—"Now son Alexander take the hand."

"Wee, wee, wee!" giggled Alexander—.

"Take the hand of your brother Pigling Bland, you must go to market. Mind—."

"Wee, wee, wee!" interrupted Alexander again.

"You put me out," said Aunt Pettitoes—.

"Observe signposts and milestones; do not gobble herring bones—."

"And remember," said I impressively, "if you once cross the county boundary you cannot come back.

Alexander, you are not attending. Here are two licenses permitting two pigs to go to market in Lancashire. Attend Alexander. I have had no end of trouble in getting these papers from the policeman."

Pigling Bland listened gravely; Alexander was hopelessly volatile.

I pinned the papers, for safety, inside their waistcoat pockets; Aunt Pettitoes gave to each a little bundle, and eight conversation peppermints with appropriate moral sentiments in screws of paper. Then they started.

Pigling Bland and Alexander trotted along steadily for a mile; at least Pigling Bland did. Alexander made the road half as long again by skipping from side to side. He danced about and pinched his brother, singing—.

"This pig went to market, this pig stayed at home,

"This pig had a bit of meat—let's see what they have given US for dinner, Pigling?"

Pigling Bland and Alexander sat down and untied their bundles. Alexander gobbled up his dinner in no time; he had already eaten all his own peppermints—"Give me one of yours, please, Pigling?"

"But I wish to preserve them for emergencies," said Pigling Bland doubtfully. Alexander went into squeals of laughter. Then he pricked Pigling with the pin that had fastened his pig paper; and when Pigling slapped him he dropped the pin, and tried to take Pigling's pin, and the papers got mixed up. Pigling Bland reproved Alexander.

But presently they made it up again, and trotted away together, singing—.

"Tom, Tom the piper's son, stole a pig and away he ran!

"But all the tune that he could play, was 'Over the hills and far away!'"

"What's that, young Sirs? Stole a pig? Where are your licenses?" said the policeman. They had nearly run against him round a corner. Pigling Bland pulled out his paper; Alexander, after fumbling, handed over something scrumply—.

"To 2 1/2 oz. conversation sweeties at three farthings"—"What's this? this ain't a license?" Alexander's nose lengthened visibly, he had lost it. "I had one, indeed I had, Mr. Policeman!"

"It's not likely they let you start without. I am passing the farm. You may walk with me."

"Can I come back too?" inquired Pigling Bland.

"I see no reason, young Sir; your paper is all right." Pigling Bland did not like going on alone, and it was beginning to rain. But it is unwise to argue with the police; he gave his brother a peppermint, and watched him out of sight.

To conclude the adventures of Alexander—the policeman sauntered up to the house about tea time, followed by a damp subdued little pig. I disposed of Alexander in the neighborhood; he did fairly well when he had settled down.

Pigling Bland went on alone dejectedly; he came to cross roads and a sign-post—"To Market-town 5miles," "Over the Hills, 4 miles," "To Pettitoes Farm, 3miles."

Pigling Bland was shocked, there was little hope of sleeping in Market Town, and tomorrow was the hiring fair; it was deplorable to think how much time had been wasted by the frivolity of Alexander.

He glanced wistfully along the road towards the hills, and then set off walking obediently the other way, buttoning up his coat against the rain. He had never wanted to go; and the idea of standing all by himself in a crowded market, to be stared at, pushed, and hired by some big strange farmer was very disagreeable—.

"I wish I could have a little garden and grow potatoes," said Pigling Bland.

He put his cold hand in his pocket and felt his paper, he put his other hand in his other pocket and felt another paper—Alexander's! Pigling squealed; then ran back frantically, hoping to overtake Alexander and the policeman.

He took a wrong turn—several wrong turns, and was quite lost. It grew dark, the wind whistled, the trees creaked and groaned.

Pigling Bland became frightened and cried "Wee, wee, wee! I can't find my way home!"

After an hour's wandering he got out of the wood; the moon shone through the clouds, and Pigling Bland saw a country that was new to him.

The road crossed a moor; below was a wide valley with a river twinkling in the moonlight, and beyond—in misty distance—lay the hills.

He saw a small wooden hut, made his way to it, and crept inside —"I am afraid it IS a hen house, but what can I do?" said Pigling Bland, wet and cold and quite tired out.

"Bacon and eggs, bacon and eggs!" clucked a hen on a perch.

"Trap, trap, trap! Cackle, cackle, cackle!" scolded the disturbed cockerel. "To market, to market! Jiggettyjig!" clucked a broody white hen roosting next to him. Pigling Bland, much alarmed, determined to leave at daybreak. In the meantime, he and the hens fell asleep.

In less than an hour they were all awakened. The owner, Mr. Peter Thomas Piperson, came with a lantern and a hamper to catch six fowls to take to market in the morning.

He grabbed the white hen roosting next to the rooster; then his eye fell upon Pigling Bland, squeezed up in a corner. He made a singular remark—"Hallo, here's another!"—seized Pigling by the scruff of the neck, and dropped him into the hamper. Then he dropped in five more dirty, kicking, cackling hens upon the top of Pigling Bland.

The hamper containing six fowls and a young pig was no light weight; it was taken down hill, unsteadily, with jerks. Pigling, although nearly scratched to pieces, contrived to hide the papers and peppermints inside his clothes.

At last the hamper was bumped down upon a kitchen floor, the lid was opened, and Pigling was lifted out. He looked up, blinking, and saw an offensively ugly elderly man, grinning from ear to ear.

"This one's come of himself, whatever," said Mr. Piperson, turning Pigling's pockets inside out. He pushed the hamper into a corner, threw a sack over it to keep the hens quiet, put a pot on the fire, and unlaced his boots.

Pigling Bland drew forward a coppy stool, and sat on the edge of it, shyly warming his hands. Mr. Piperson pulled off a boot and threw it against the wainscot at the further end of the kitchen. There was a smothered noise—"Shut up!" said Mr. Piperson. Pigling Bland warmed his hands, and eyed him.

Mr. Piperson pulled off the other boot and flung it after the first, there was again a curious noise—"Be quiet, will ye?" said Mr. Piperson. Pigling Bland sat on the very edge of the coppy stool.

Mr. Piperson fetched meal from a chest and made porridge, it seemed to Pigling that something at the further end of the kitchen was taking a suppressed interest in the cooking; but he was too hungry to be troubled by noises.

Mr. Piperson poured out three platefuls: for himself, for Pigling, and a third-after glaring at Pigling—he put away with much scuffling, and locked up. Pigling Bland ate his supper discreetly.

After supper Mr. Piperson consulted an almanac, and felt Pigling's ribs; it was too late in the season for curing bacon, and he grudged his meal. Besides, the hens had seen this pig.

He looked at the small remains of a flitch [side of bacon], and then looked undecidedly at Pigling. "You may sleep on the rug," said Mr. Peter Thomas Piperson.

Pigling Bland slept like a top. In the morning Mr. Piperson made more porridge; the weather was warmer. He looked how much meal was left in the chest, and seemed dissatisfied—"You'll likely be moving on again?" said he to Pigling Bland.

Before Pigling could reply, a neighbor, who was giving Mr. Piperson and the hens a lift, whistled from the gate. Mr. Piperson hurried out with the hamper, enjoining Pigling to shut the door behind him and not meddle with nought; or "I'll come back and skin ye!" said Mr. Piperson.

It crossed Pigling's mind that if HE had asked for a lift, too, he might still have been in time for market.

But he distrusted Peter Thomas.

After finishing breakfast at his leisure, Pigling had a look round the cottage; everything was locked up. He found some potato peelings in a bucket in the back kitchen. Pigling ate the peel, and washed up the porridge plates in the bucket. He sang while he worked—.

"Tom with his pipe made such a noise, He called up all the girls and boys—.

"And they all ran to hear him play,

"Over the hills and far away!"

Suddenly a little smothered voice chimed in—.

"Over the hills and a great way off, The wind shall blow my top knot off."

Pigling Bland put down a plate which he was wiping, and listened.

After a long pause, Pigling went on tiptoe and peeped round the door into the front kitchen; there was nobody there.

After another pause, Pigling approached the door of the locked cupboard, and snuffed at the keyhole. It was quite quiet.

After another long pause, Pigling pushed a peppermint under the door. It was sucked in immediately.

In the course of the day Pigling pushed in all his remaining six peppermints.

When Mr. Piperson returned, he found Pigling sitting before the fire; he had brushed up the hearth and put on the pot to boil; the meal was not get-at-able.

Mr. Piperson was very affable; he slapped Pigling on the back, made lots of porridge and forgot to lock the meal chest. He did lock the cupboard door; but without properly shutting it. He went to bed early, and told Pigling upon no account to disturb him next day before twelve o'clock.

Pigling Bland sat by the fire, eating his supper.

All at once at his elbow, a little voice spoke—"My name is Pig-wig. Make me more porridge, please!" Pigling Bland jumped, and looked round.

A perfectly lovely little black Berkshire pig stood smiling beside him. She had twinkly little screwed up eyes, a double chin, and a short turned up nose.

She pointed at Pigling's plate; he hastily gave it to her, and fled to the meal chest—"How did you come here?" asked Pigling Bland.

"Stolen," replied Pig-wig, with her mouth full. Pigling helped himself to meal without scruple. "What for?"

"Bacon, hams," replied Pig-wig cheerfully.

"Why on earth don't you run away?" exclaimed the horrified Pigling.

"I shall after supper," said Pig-wig decidedly.

Pigling Bland made more porridge and watched her shyly.

She finished a second plate, got up, and looked about her, as though she were going to start.

"You can't go in the dark," said Pigling Bland.

Pig-wig looked anxious.

"Do you know your way by day- light?"

"I know we can see this little white house from the hills across the river. Which way are you going, Mr. Pig?"

"To market—I have two pig papers. I might take you to the bridge; if you have no objection," said Pigling much confused and sitting on the edge of his coppy stool. Pig- wig's gratitude was such and she asked so many questions that it became embarrassing to Pigling Bland.

He was obliged to shut his eyes and pretend to sleep. She became quiet, and there was a smell of peppermint.

"I thought you had eaten them?" said Pigling, waking suddenly.

"Only the corners," replied Pig-wig, studying the sentiments with much interest by the firelight.

"I wish you wouldn't; he might smell them through the ceiling," said the alarmed Pigling.

Pig-wig put back the sticky peppermints into her pocket; "Sing something," she demanded.

"I am sorry. . . I have tooth-ache," said Pigling much dismayed.

"Then I will sing," replied Pig-wig, "You will not mind if I say iddy tidditty? I have forgotten some of the words."

Pigling Bland made no objection; he sat with his eyes half shut, and watched her.

She wagged her head and rocked about, clapping time and singing in a sweet little grunty voice—.

"A funny old mother pig lived in a sty, and three little piggies had she;

"(Ti idditty idditty) umph, umph, umph! and the little pigs said wee, wee!"

She sang successfully through three or four verses, only at every verse her head nodded a little lower, and her little twinkly eyes closed up—.

"Those three little piggies grew peaky and lean, and lean they might very well be;

"For somehow they couldn't say umph, umph, umph! and they wouldn't say wee, wee, wee!

"For somehow they couldn't say—."

Pig-wig's head bobbed lower and lower, until she rolled over, a little round ball, fast asleep on the hearth-rug.

Pigling Bland, on tiptoe, covered her up with an antimacassar.

He was afraid to go to sleep himself; for the rest of the night he sat listening to the chirping of the crickets and to the snores of Mr.

Piperson overhead.

Early in the morning, between dark and daylight, Pigling tied up his little bundle and woke up Pig- wig. She was excited and half-frightened. "But it's dark! How can we find our way?"

"The cock has crowed; we must start before the hens come out; they might shout to Mr. Piperson."

Pig-wig sat down again, and commenced to cry.

"Come away Pig-wig; we can see when we get used to it. Come! I can hear them clucking!"

Pigling had never said shuh! to a hen in his life, being peaceable; also he remembered the hamper.

He opened the house door quietly and shut it after them. There was no garden; the neighborhood of Mr. Piperson's was all scratched up by fowls. They slipped away hand in hand across an untidy field to the road.

"Tom, Tom the piper's son, stole a pig and away he ran!

"But all the tune that he could play, was 'Over the hills and far away!'"

"Come Pig-wig, we must get to the bridge before folks are stirring."

"Why do you want to go to market, Pigling?" inquired Pig-wig.

The sun rose while they were crossing the moor, a dazzle of light over the tops of the hills. The sunshine crept down the slopes into the peaceful green valleys, where little white cottages nestled in gardens and orchards.

"That's Westmorland," said Pig-wig. She dropped Pigling's hand and commenced to dance, singing—presently. "I don't want; I want to grow potatoes."

"Have a peppermint?" said Pig-wig. Pigling Bland refused quite crossly. "Does your poor toothy hurt?" inquired Pig-wig. Pigling Bland grunted.

Pig-wig ate the peppermint herself, and followed the opposite side of the road. "Pig-wig! keep under the wall, there's a man ploughing." Pig-wig crossed over, they hurried down hill towards the county boundary.

Suddenly Pigling stopped; he heard wheels.

Slowly jogging up the road below them came a tradesman's cart. The reins flapped on the horse's back, the grocer was reading a newspaper.

"Take that peppermint out of your mouth, Pig-wig, we may have to run. Don't say one word. Leave it to me. And in sight of the bridge!" said poor Pigling, nearly crying. He began to walk frightfully lame, holding Pig-wig's arm.

The grocer, intent upon his newspaper, might have passed them, if his horse had not shied and snorted. He pulled the cart crossways, and held down his whip. "Hallo? Where are you going to?"—Pigling Bland stared at him vacantly.

"Are you deaf? Are you going to market?" Pigling nodded slowly.

"I thought as much. It was yesterday. Show me your license?"

Pigling stared at the off hind shoe of the grocer's horse which had picked up a stone.

The grocer flicked his whip—"Papers? Pig license?" Pigling fumbled in all his pockets, and handed up the papers.

The grocer read them, but still seemed dissatisfied. "This here pig is a young lady; is her name Alexander?" Pig-wig opened her mouth and shut it again; Pigling coughed asthmatically.

The grocer ran his finger down the advertisement column of his newspaper—"Lost, stolen or strayed, 10S. reward;" he looked suspiciously at Pig-wig. Then he stood up in the trap, and whistled for the ploughman.

"You wait here while I drive on and speak to him," said the grocer, gathering up the reins. He knew that pigs are slippery; but surely, such a VERY lame pig could never run!

"Not yet, Pig-wig, he will look back." The grocer did so; he saw the two pigs stock-still in the middle of the road. Then he looked over at his horse's heels; it was lame also; the stone took some time to knock out, after he got to the ploughman.

"Now, Pig-wig, NOW!" said Pigling Bland.

Never did any pigs run as these pigs ran! They raced and squealed and pelted down the long white hill towards the bridge. Little fat Pig-wig's petticoats fluttered, and her feet went pitter, patter, pitter, as she bounded and jumped.

They ran, and they ran, and they ran down the hill, and across a short cut on level green turf at the bottom, between pebble beds and rushes.

They came to the river, they came to the bridge—they crossed it hand in hand—then over the hills and far away she danced with Pigling Bland!

박효지 캘리그라퍼 지음
HOW TO WRITE CALLIGRAPHY EASILY
캘리그라피 쉽게 배우기
THE GATE TO CALLIGRAPHER
전문가의 축적된 특별한 노하우 대공개!
삽입된 예제를 따라 쓰다 보면 실력이 부쩍~!
지금 당장 전문 캘리그라퍼가 되고 싶은 당신에게
참신한 캘리그라퍼와의 일대일 트레이닝을 선물합니다.

청춘을 위한 네 글자

우리 시대의 청춘들에게 꼭 필요한 메시지와 유익한 조언을 솔직하고 담백하게 전한다.

이인 지음 | 239쪽 | 값 13,500원

평범한 삶이 주는 특별한 행복

생활의 복잡함과 번거로움을 날려 버린 사람들의 심플한 인생 이야기로, 새로운 삶의 방식을 고민하는 사람들이라면 반드시 읽어야 할 책이다.

린다 브린 피어스 지음 | 304쪽 | 값 14,000원

내 영혼을 꽃피우는 인생론

더 적은 것으로 더욱 풍요롭고 행복하게 사는 방법과 삶의 지혜를 전한다.

존 레인 지음 | 208쪽 | 값 13,000원